C O N T E N T S

プロローグ　病床で祈願

薄く、目を開ける。見えるのは石造りの天井と、壁にかけられたランプ。――ここは、私の屋敷だ。

まだ生きているのだな、と感じる。七十の年月を重ね老いさらばえたこの身にも、なお若い頃の頑健さの残滓《ざんし》くらいは存在しているようだ。

だが、それもあと僅《わず》かに違いない。間もなく、私は神の御許《みもと》に召されることだろう。

世界を旅した。想像もつかないような物事を沢山目《ま》の当たりにした。話を聞いた者はほとんどが信じなかったが、旅人としてこの上ない幸せを味わったと言えるだろう。

しかし、それでもなお私の心は満たされていない。胸には穴が開いていて、果たし得なかった夢が寂寞《じゃくまく》たる風として吹き抜ける。ひょう、ひょうと、切なく哀《かな》しい音を響かせながら。

私は祈った。残された命を燃やし尽くすようにして願った。

黄金の国と呼ばれた彼《か》の地を、旅したい――

第1話　京都で天津飯《てんしんはん》

薄く、目を開ける。見えるのはクロス仕上げの天井と、丸い蛍光灯。——ここは、大江《おおえ》いずこの部屋だ。

まだ引きずっているのだな、と感じる。別れて三ヶ月は経《た》つはずなのに、なお未練が残っているようだ。

胸には穴が開いていて、別れの痛みが暴風と化して吹き抜ける。あの野郎、よくも裏切ったなと恨み言を垂れ流しながら。

いずこは祈った。心の痛手を燃料にするようにして願った。

元彼のヤツ、不幸になれ——

「——ま、あんま意味ないよね」

声に出して、大江いずこはそう言った。言葉にしたのは、気持ちを切り替えるためだ。今日は火曜日、一週間はまだ半分以上ある。恨みつらみで貴重な朝の時間を浪費するわけにはいかない。

朝ご飯、歯磨き、髪をとかしてメイク。一通りの作業を済ませてスマートフォンの時計を見ると、時間は部屋を出るべき目安より四分ほど遅い。溜息《ためいき》が漏れる。時間にして四分ほど、気持ちを切り替え損ねたわけだ。たっぷり二百四十数える間、元彼のことを考えていたのだ。愚かすぎる。

部屋を出て鍵を掛けると、普段よりもピッチを上げて最寄り駅へと向かう。パンツスーツにローファーという出で立ちは、こういう時とても役に立つ。大股歩きも小走りも思うがままだ。

おりしも季節は冬の入り口。吹きつける風は結構冷たいが、早歩きを続けるにつれ体温が上がり気にならなくなる。

駅に着いた頃には、遅れを取り戻せていた。いつもの階段でいつもの乗り場に到着。いつもの列に並び、いつもの列車を待つ。

『間もなく、二番線に──』

いつものアナウンスに導かれ、いつもの短い十両編成の列車がやってきた。ホームドアが開き、いつものように他の乗客たちと共に電車の中へと飲み込まれていく。混雑具合は、いつも通り満員の二歩手前くらい。立ち位置と吊革（つりかわ）とスマホを見る姿勢を確保し、オラァと踏ん張る。

どんどん上昇していく乗車率に耐えながら、スマートフォンの画面に表示されては消えていく他愛のない情報を眺める。いつも通りだ。いつも通りの日常を、送れている。

『ショックな出来事は、時間と日常の積み重ねで押し潰すのが一番楽だね』

そんな助言が甦（よみがえ）る。

『人間、そんなにあれこれ覚えてられないもん。段々忘れるんだよ、段々ね』

助言の主は、妹のいつかである。まだ社会人一年生なのに、恋愛経験はいずこよりも遙《はる》かに豊富で、いくつもの修羅場をくぐり抜けてきている。いわば恋愛プロフェッショナルである。二十代半ばを過ぎてなお恋愛ビギナーないずこにとって、いつかがくれるアドバイスは常に重要な指針になっていた。

『自律神経を整えるツボはこれ！』

『基礎研究予算カットが招いた知の沈没――国立大学と人文科学が直面する現実』

『シリーズ・アフタープレイグ　みんなで焼肉、食べたいねん――焼肉店、逆転の一手』

Ｗｅｂサービスが繰り出してくる硬軟様々なニュースやらなんやらを、拾い読みと斜め読みを駆使して受け流していく。

妹の言葉は、多分正しい。日々のルーチンワークをこなしていると、確かに心がが凪《な》いでいく。言うなれば、慣性飛行のような状態である。さあ、今日も上手く風に乗り、一日を滑空するように過ごそう。

『【最新版】二十代女子が選ぶ、彼氏に連れて行ってもらいたいと思っている旅行先五選』

いずこの慣性飛行は、飛び出してきたしょうもない記事によって阻まれた。気持ちが真っ逆さまに墜落し、爆発炎上する。大惨事だ。

――旅行。元彼とよく行った。さして行きたくもなかったのに、引っ張り回されたのだ。

『扉が開きます』

そんな車内アナウンスが聞こえる度に、混雑率は高まっていく。普段なら、満員の車内という環境がもたらす恒常的なストレスにげんなりするところだが、今はまったくそんなこともなかった。旅行というキーワードが呼び起こす瞬発的かつ爆発的な怒りが、すべてを吹き飛ばすのだ。

——元彼と出かけた旅行には、どれもこれも一つ二つ不愉快な思い出がつきまとう。忘れ物をしたらバカにされたこと。重いキャリーバッグを一生懸命引いていると、「なんで女って無闇に荷物増やすんだろうね」という嫌味を残して先に行かれたこと。ホテルのラウンジで、いずこをほったらかしにして他の(綺麗《きれい》な)女性客と喋《しゃべ》りまくり、あとで抗議したら「嫉妬深い女って萎えるわ」とまるでいずこが悪いかのように言われたこと。ああ、反吐《へど》が出るぜ。

憤懣《ふんまん》が、いずこの心で台風の如《ごと》く渦を巻く。そのまま暴風を巻き起こしてしまいそうだが、いかんせんそろそろ満員を迎えつつある電車の中ではやり場もない。

たとえば目の前の気の弱そうなおじさんサラリーマンを睨《にら》みつけたところで、おじさんに悪いだけだ。見るからに『今日も大変だなあ』という顔をしているところに追い打ちをかけるのは、あまりに身勝手というものだろう。

たとえばいずこにもたれかかるようにして——というか実際もたれかかってやがるゆるふわお姫様系女子(大学生かなんかだろう)に怒ったところで、被害者ぶられるだけだ。取り巻きの男たちとのグループチャットに「なんか怖い人に絡まれちゃったよ~(取り巻きにプレゼントしてもらった可愛いキャラのスタンプ)」みたいな感じで報告されて終わりである。

まったく八方塞がりだ。実際すし詰めの電車で四方八方塞がっているわけで、比喩的な意味でも物理的な面でも完璧な表現である。

——かくして、いずこの怒りはそもそもの発端である記事へと向かう。

大体なにが「連れて行ってもらいたいと思っている旅行先」だ。書いた人間が行きたいと思っているところを適当に並べてから、主語を最大化しただけの話だろう。そもそも、二十代女子が選んだというのも怪しいものだ。小遣いを稼ぎたいおっさんが、仕事発注サイトで一記事いくらで請け負って適当にでっち上げた記事という可能性も大いにありうる。

記事を書いた人間に腹の中で当たり散らしたが、それでは終わらなかった。いずこはついに、旅行という概念そのものを槍玉《やりだま》に挙げる。

そもそも、旅行にいいことなんて何もない。面倒だし、疲れるし、彼氏と行けば別れた後で記憶の不良債権になるし、負の影響ばかりである。お伊勢《いせ》参《まい》りの時代ぐらいで終わりにしておけばよかったのだ。切腹とか徳川《とくがわ》幕府とかと一緒に過去の遺物として葬り去られていれば、こうしていずこが満員電車の中で一人苦しむこともなかったのに。明治維新は肝心なことを維新できていなかったわけだ。しっかりしろよ薩《さっ》長《ちょう》土《ど》肥《ひ》。

八つ当たりの対象が明治政府まで広がったところで、電車がガタンと揺れた。いずこはバランスを崩し、必死で踏ん張って転ぶことだけは回避する。

めんどくさそうな溜息が、少し下の方から聞こえてきた。位置からしてゆるふわ姫だ。しっかり立ってろよみたいなニュアンスだろう。いずこにしてみたらしばいたろかという感じである。

喉元まで迫《せ》り上がってきた「しばいたろか」をどうにか飲み下して、いずこは内心で吐き捨てる。ああ、もう。旅行なんて、大嫌いだ。

出社。仕事、昼休み、仕事。少しばかりの残業、退社。特筆すべきことのない一日が終わり、いずこは家路につく。

――いや、「特筆すべきことのない」というのは嘘《うそ》だ。本当は、相当ひどかった。とにかく集中力を欠き、作業効率がダダ落ちだった。気分はずっともやもやしたままで、目の前の仕事に取りかかれず、ふと思いついた仕事と直接関係のないこと（例：自社の株価の推移）を調べたり、頭の中で場面別元彼撃破シミュレーションを繰り返したりと、無駄な時間を過ごした。

周囲にバレなかったのならまだいいが、先輩社員の見山萌遊《みやまもゆ》にあっさり見抜かれ、「大丈夫？　まともにできないならわたしが代わるけど。その方が早いし」と言われてしまった。言い回しからしても分かる通り、萌遊はとても仕事ができてなおかつ怖い人でもある。いずこは大いに精神的打撃を被り、近来稀《まれ》に見る落ち込み気分を味わう羽目になった。

こういう日は、さっさと帰って寝るに限る。下手に飲んだりしてはいけない。きっと近来稀に見る酒量になって、近来稀に見る酔い方をして、次の日近来稀に見るどころではない二日酔いを味わうことになる。まだ週の半ばなのだ。

電車から降り、改札を出て、家に向かう。周囲の様子には一切目も向けず、真っ直ぐ歩く。なにか目に入ってしまうと、寄り道をしてしまうからだ。

「そこのお姉さん、これを買わないかい」

しかし、こういうときに限って周りから声をかけられるものである。

「どうだい、とてもレアなヨーロッパ直輸入のアクセサリーだよ」

いずこを足止めしてきたのは、男性だった。椅子に腰かけていて、傍《かたわ》らのケースには沢山のネックレスが並べられている。

この形態の商売は総じて怪しいし、今のような時間までやっているのはなおのこと怪しい。男性の外見は、長髪に帽子にサングラスで輪を掛けて怪しい。この時間帯にサングラスをかけているのは怪しすぎるほど怪しい。

「はあ」

しかし、いずこはなんとなく立ち止まってしまった。

「安くしとくよ。税込み二千円ポッキリでどうだい」

男性が差し出してきたのは、方位磁針《コンパス》のネックレスだった。くすんだ金色で、年月を経た骨董品《こっとうひん》のような趣がある。しかしそれは裏を返せばボロいという意味でもあり、二千円という露骨な処分価格であることと相俟《あいま》って、あんまり値打ちがあるようには感じられない。中世ヨーロッパ風の意匠が施されているが、それもなんだかインチキくさく見える。

「買います」

なのに、どうしたことかいずこはそう言ってしまった。衝動買いというやつだろうか。なんだか、このアクセサリーに呼ばれたような気がしたのだ。

「毎度あり」

男性が、うひょーしめしめといった表情を見せる。この態度からして、明らかに大した品物ではなかったようだ。

なんだか急に、欲しい気持ちが薄れ始めた。大体、このアクセサリーがいずこみたいな東洋人に似合うのだろうか。同世代の女性と比較してもそこそこ身長はある方だが、それでもこのアクセサリーは合わない気がする。これ、ひょっとしたら男性ものではないだろうか。

「はい、二千円」

男性が、アクセサリーを突きつけてくる。今更「やっぱり要《い》らないです」とクーリングオフ制度を発動することもできず、いずこはよく分からないコンパス型アクセサリーを手に入れてしまった。

更なる気分の落ち込みと共に、部屋の鍵を開けた。築二十年以上の1DKが、無言でいずこを迎え入れる。

晩ご飯を済ませ、メイクを落とし、風呂に入り、パジャマを着る。アプリに来ていたメッセージに一通り返事だけして、スマートフォンを手放す。テレビもつけない。本も読まない。電気は消す。ただ寝るだけである。おやすみなさい。

――という感じですやすや眠れたら苦労はしない。長い夜の始まりである。

元彼と別れたのは、もう結構前のこと。原因は、性格の不一致――ではない。

一緒の旅行が楽しくなくなるほど、合わないところがあったのは事実だ。しかし、いずこはそれを乗り越えるつもりだった。人はそれぞれ違うものだし、元彼にも好ましいところ、素敵だと思うところだって多々あった。少しずつ分かり合える。溝は埋まると信じていたのだ。

しかし、向こうはそう考えていなかった。いずこと付き合うのと同時並行で他の女性と親しくなっていた。当時今よりも仕事が忙しかったいずこが、必死で残業したり出張したりしている時に、元彼はまるでそれをあざ笑うかのように楽しく遊び回っていたのだ。

その尻尾をいずこが摑《つか》んだ時には、「ただの知り合いでもうずっと会っていない」などと弁解した。しかし、「だったら連絡先を消してくれ」と言うと拒み、いずこが怒ると「そうやって束縛しすぎるのはどうかと思う」などと上から目線でいずこを悪者にしてきた。その辺りで限界が来て、いずこの方から別れを切り出した。まとめて縁を切ったのではっきりとは分からないが、彼の周囲でいずこは「監視してくるウザイ女」という評価が固まっていたらしい。

いずこの方でも「二股を掛けるクソな男」という評価を下し、連絡も一切しなくなった。しかし何となく気になって、少ししてから彼のSNS（本名制のところ）を見に行ったことがあった。そこでは、いずこのことなどなかったかのように他の女と楽しく旅行する元彼の写真が大量にアップされていた。そこでいずこは気づいた。

一通り丁寧に思い出した結果、いずこの気分は最低の底で更に穴を掘るような形になった。睡魔は一切訪れず、代わりに怒りが夜分遅くに失礼しますと乗り込んでくる。

『まだ引きずってるの？　正直面倒なんだけど』

頭の中で声がする。それは、元彼の声だった。

『なんて言うか、お前重すぎるわ』

具体的に、こういう発言をされたわけではない。今いずこに語りかけているのは、想像上の元彼だ。

『俺ってこういう人間だし。受け入れてもらえないなら、別れるしかないよね』

どうして、こんなことをするのだろう。自分で自分の気持ちが分からない。

『お前の男女観を押しつけるなよ。つき合い方なんて、人それぞれだろ？』

もういない人間に自分を傷つけさせても、何の意味もないのに。

『無理ならさっさと次の男を探せば――あ、それも無理か。お前、俺と会うまで男とつき合ったことさえなかったもんな。俺以外に相手する男いないよな』

『Buona sera《こんばんは》, signorina《お嬢さん》. わたしの声が聞こえますか？』

「——ん？」

いずこは眉間に皺《しわ》を寄せる。明らかに別の声が混じった。声質も違えば、言語も異なっている。前半部分は何を言っているのかさっぱりで、とりあえず英語ではなさそうなことくらいしか分からない。

『聞こえますか、お嬢さん。お話ししたいことがあります』

「うそ！」

がばりと、いずこは体を起こした。電気を点《つ》け、辺りを見回す。誰もいない。おそるおそるキッチンやダイニングなども確認するが、声の主らしき誰かの姿は見当たらない。そこまで部屋の壁が薄いというわけでもないので、上下左右の声が漏れてきているということも考えられない。

『安心してください。怪しい者ではありません』

声がそんなことを言ってきた。

「安心しようがないわよ」

無理な相談である。怪しい要素てんこ盛りではないか。

声質は、落ち着いた青年といった感じで悪い印象はない。お洒落《しゃれ》なカフェやブティックの店員さん、といった雰囲気だ。「こちら本日おすすめのスイーツです」とか「よくお似合いですよ」とか言われると、ちょっと嬉《うれ》しくなってしまう感じの声である。

だが、ここはカフェでもブティックでもなくいずこの部屋であり、しかも真夜中だ。いきなり「わたしの声が聞こえますか?」とか話しかけられても不気味さしかない。おまけに、どこにも姿は見えないのだ。

クローゼットや風呂場も覗《のぞ》いてみるが、やはり誰もいない。本当に、この部屋にいるのはいずこ一人だけのようだ。

「あんた、何者なのよ」

いずこは問い質《ただ》した。

『わたしですか? わたしは、旅人です』

ふんわりとした答えだ。そんな資格も実績もいらないような肩書きを自称されたところで、なんの信用にも繋《つな》がらない。

『貴方《あなた》に、お願いがあるのです』

声は、話を先に進めてくる。実に厚かましい態度である。

『わたしは、旅をしたい。黄金の国ジパングをこの目で見て回りたいのです』

しかも、お願いの内容が意味不明だ。そんなマルコ・ポーロみたいなことを言われても困る。今時金ぴかなのは金閣寺《きんかくじ》くらいである。このご時世、夜の街で豪遊するおじさんの腕時計だってもう少し控えめだろう。

「というかそもそも論として、あんたはどこにいるのよ。どうして声しか聞こえないのよ」

「スオーノスオーノ・ロン？ 何かをsuono《演奏》するのですか？ 現代のジパングの言葉は、様々な違いがあって難しいですね」

声が、不思議そうに呟《つぶや》いた。いずこも戸惑ってしまう。勢いであまり伝統的でない言い回しを使ったかもしれないが、そこまで混乱されるとも思えない。雰囲気で、ぱっと分かりそうなものなのだが。

『ともあれ、わたしの声はすれども姿が見えないことについて説明します。ジパングの言葉ではなんと言うのか――思念でしょうか。そういうもので、話しかけているからなのです』

また変なことを言い出した。「貴方の心に直接話しかけています」みたいな話をされても、とても信じられない。しかし実際問題として、誰もいないのに声がするのは事実だ。

スピーカーか何かが仕込まれている、という可能性も考えた。しかし、やはりそれはないと思う。信じがたいことだが、確かにこの声はいずこの「中」で響いている感じがするのだ。

「――じゃあ、聞くけど」

いずこは、改めて訊《たず》ねてみることにした。まったくもって訳の分からない事態だが、まずは状況や相手のことを冷静に把握しなければ。

「旅って、どういうことよ」

『一時的に家を離れ、他の土地を訪れることです』

「それくらい知ってるわよ！　辞書的な意味は聞いてないから！」

早速冷静さを失ってしまった。

「落ち着いて、落ち着いてわたし。──あのね、あんたは何をしたいのよ。ただ旅をするだけなら、勝手にすればいいじゃない。どうしてわざわざわたしに──」

『本当ですか！』

いきなり、声はえらく弾んだものへと変わった。

『あなたに頼んで、本当によかった。心から感謝します』

何やら、随分嬉しそうである。

「え？　あ、はあ。どういたしまして」

思わずそう答えてしまったが、何を感謝されているのやらさっぱりである。

──それきり、部屋は静かになった。

「ちょっと」

呼びかけてみるが、もう声はしない。

「わたし、疲れてるのかなあ」

ありきたりな言葉を呟いて、いずこはばったりとベッドに倒れ込んだのだった。

──はっ、と。目を開けると、カーテンの隙間から光が差し込んでいた。いつの間にか、眠ってしまっていたらしい。

「さむ」

ひんやりとした感覚。鼻も詰まっている。一応掛け布団を被ってはいたが、随分中途半端な体勢だった。そのせいで、体が冷えてしまったようだ。

風邪は引きたくないなあ、なんてことを思いながら身を起こす。スマートフォンで時間を確認すると、まあ少し早く起きましたねくらいだった。ぼちぼち朝の準備を始めよう。

昨日の朝はせわしなかったけど、今日はそういうこともなさそうだ。

立ち上がり、ダイニングへと向かう。今日の朝ご飯は何にしよう。甘いものがいいかな。冷蔵庫にヨーグルトやいちごがあるから、それにしよう――

「おや、お目覚めですか」

ダイニングには、先客がいた。テーブルに着き、なにやら食べている。

「おはようございます、いずこ」

長くさらさらの金髪、青い瞳、高い鼻。白人の男性である。面立ちは整っているが、どこか素朴な雰囲気もある。映画俳優的であるが、アカデミー賞には無縁でB級アクション映画に出演してはサメとか宇宙からの侵略者とかと戦っていそうな感じである。

身に纏《まと》っているのは、だぶっとした白いチュニックのような服で、その上から派手な色合いのケープのようなものを着ている。ぱっと見、中世ヨーロッパ人風の格好だ。ざっくりとしすぎであるが、何分突然目の前に出現されたこともあって、これ以上詳細な表現が思いつかない。強いて付け加えると、火縄銃を売りに来たり魔女狩りをしたりしそうな雰囲気だ。

「——誰?」

いずこは訊ねた。向こうはさも当然のように挨拶してきたが、いずこはこの中世ヨーロッパ風男性に覚えがない。

「マルコ・ポーロと申します。以後お見知りおきを」

男性は、なにやら食べる手を止めて椅子から立ち上がると、胸に手を当てて一礼した。

「ふざけんじゃないわよ」

いずこは憤慨した。朝っぱらから人の家のダイニングに現れておいて、言うに事欠いてわたしはマルコ・ポーロですとは。馬鹿にするにも程があるというものだ。

「ふざけるなどとは、とんでもありません」

自称マルコ・ポーロは、驚いたように目を見開いた。

「というか、ちょっとあんたなに勝手にわたしのヨーグルトといちご食べてるのよ」

テーブルの上を見て、いずこは目を吊り上げた。人の家のダイニングに現れるのみならず、朝ご飯予定だったヨーグルトといちごを勝手に食べている。ご丁寧に混ぜていちごヨーグルトにしているところがまた腹立たしい。いずこもやろうと思ってたのに。

「とても美味しいですね。朝はやはりドルチェが一番ですが、このいちごもヨーグルトも大変素晴らしい。ジパングの食べ物はとても魅力的ですね」

自称マルコ・ポーロが、目を輝かせる。

「とりあえず警察を呼ぶわ」

いずこは、スマートフォンを取りに寝室に戻る。

「まあ、まあそう焦らずに。マルコは知っています。日本人は急いでいる時は回転すると」

そう言って、マルコがその場でくるくる回った。

「急がば回れっていうそういう意味じゃないわよ」

通報する手を止めて、思わず突っ込んでしまう。

「——OK、ちょっと待って」

そしていずこはこめかみに指を当てた。この流れには、なんとなく覚えがある。

「あのさ、あんた。もしかして、昨日の夜のあれ？」

寝る前にいきなり聞こえてきた、あの声。あの声とも、こういうすっとぼけたやり取りがあったはずだ。

「ええ、そうです」

自称マルコ・ポーロは、あっさりと認めた。

「そうって、どういうことなのよ」

「わたしはマルコ・ポーロ。何百年も前にこの世を去った人間です。しかし強い心残りがありまして、それが愛用していたアクセサリーに宿ったのです」

「愛用していた、アクセサリー」

記憶が、どっと甦る。つい昨日、それも夜になってからのものだ。

「まさか、あの時の」

何となく買ってしまった、税込み二千円のコンパス型ネックレス。あれが、起こりまくっている奇妙な出来事の原因だったというのか。

「あのアクセサリーとわたしは、長い時間をかけ世界各地を転々としました。しかし、それは旅と呼べるものではありませんでした。ものとして移動するのですから、運搬とか輸送とかそういうものです」

自称マルコ・ポーロが、哀《かな》しそうに目を伏せる。

「ってか、待って。あの二千円のアクセサリーなら、なにもわたしに取りつくことないでしょ」

そう、売りつけてきたあの怪しい男でもいいし、転々としてきたというのなら他にも持ち主が沢山いたはずだ。なぜよりによっていずこなのか。

「今までの所有者たちとは、ほとんど波長が合いませんでした。呼びかけても、気づいてもらえなかったのです。しかしいずこは、わたしの呼びかけにすぐ反応してくれました。とても嬉しかったです」

自称マルコ・ポーロが、ニコニコと笑顔になった。

「そう」

一方いずこは、苦々しく眉間に皺を寄せた。聞こえないふりをしておけばよかった。そうしたらいずれ諦めたかもしれなかったのに。

「まあとりあえず、旅行は好きなだけしていいから。どっかよそでやってちょうだい」

とにかく、いくらイケメンだからといって、ここを勝手に旅の拠点にされても困る。いずこの部屋は民泊ではないのだ。

「いえ、恐縮ですがそういうわけにはいきません」

自称マルコ・ポーロが、そんなことを言ってくる。

「わたしはあくまでアクセサリーに宿ったものです。持ち主から離れて行動することはできません」

「なるほど」

いずこは頷《うなず》いた。まあなんとなく分かる理屈である。

「じゃあこうするわね」

いずこは寝室に移動すると、鞄《かばん》からアクセサリーを取り出した。カーテンを開け、ガラス戸も開けてベランダに出ると、周囲に通行人がいないのを確認。アクセサリーをマンション近くの植え込みへと投げ捨てようとする。

「待ってください。何をするのですか」

自称マルコ・ポーロが血相を変えて追いすがってくる。

「捨てるのよ。誰か他の人に拾ってもらえるのを待ちなさい。なんならカラスとかが拾ってくれるかもだし。そうなれば旅し放題じゃない。きっと空も飛べるわよ」

「わたしは死んだとはいえあくまで人間です。鳥と意思疎通はできません。そして、ごみとして処理されたらもっと困ります。跡形もなく潰されたりすると、わたしはこの世から消え去ってしまうことでしょう」

「現代日本のゴミ処理方法については詳しいのね。まあその時はその時で成仏なさい」

「マルコは知っています。東洋の仏教文化圏では、人間は死ぬと蜘蛛《くも》の糸でよじ登る技術がないと地獄で苦しむことになっています」

「細かいことは覚えてないけど、確かそれって生前の行い次第よ」

マルコ・ポーロがどういう人物かよく知らないが、地獄に堕《お》ちるほど非道な行いに手を染めたりはしていないはずだ。そのうちまた人間に輪廻転生《りんねてんせい》することもできるだろう。

「お願いします。どうか、何卒《なにとぞ》それればかりは」

自称マルコ・ポーロはその場に跪《ひざまず》いて両手を差し出し、大声で慈悲を乞い始めた。大いなる父とかイエス・キリストとかに祈るような感じだ。

「ちょっと、やめてよ」

慌てて部屋に戻る。ここはイタリアのサンなんとか教会ではなく、東京の築二十年以上のマンションである。朝っぱらからデカい声で祈られては変な噂《うわさ》が立ってしまう。

「ありがとうございます。いずこは優しいですね」

自称マルコ・ポーロは、目をきらきらさせてきたのだった。

そうこうしているうちに時間がなくなり、いずこはなし崩し的に自称マルコ・ポーロをそのままにして出社する羽目になった。

「ええと、二日続けて派手な凡ミスって大丈夫？」

しかも午前中から仕事で失敗し、またしても先輩社員・見山萌遊に叱責《しっせき》を受けた。

「い、いやー。すいません。気をつけます」

まさか、家にマルコ・ポーロを自称する人間が出現してペースが狂ったと言い訳するわけにもいかない。ひたすら謝るいずこだった。

昼ご飯として、カロリー低めだけどお腹《なか》がふくれるバー型の栄養食品を頬張る。いちごを食べられた関係上、朝は菓子パンだった。頭の中でカロリーを足し算する。うん、ぎりぎりセーフだ。

食べる場所は、自分のデスクである。いずこはあんまり外まで行かない派なのだ。

「ねえねえ、大江さん。聞いてよ」

栄養食品を七割ほどかじり終わったところで、いきなり話しかけられた。

「最近寂しいんだー」

同期の徳吉光瑠《とくよしひかる》である。服も小物も、職場で許されるぎりぎりのところを攻めたフェミニンさで溢《あふ》れている。

「もう『かーれーしーがぁー』みたいな年でもないんだけどさ、寒い日には堪《こた》えるのよ」

こっちだって彼氏と別れたわけで、そんな話題を振られても困る。嫌がらせかという感じなのだが、そうではない。単に素なのだ。

「やっぱりさ、恋人っていいなあって思うんだなあ。いたら落ち着くっていうか、いないと何か――侘《わ》びしいっていうか」

しょげた様子で、光瑠が言った。彼女が恋人と別れたのは、いずこが元彼と別れるよりも前の話だ。わんわん泣いて大変だった。その時よりは随分と落ち着いたが、やはり心寂しくなるらしい。ちなみに光瑠のために擁護すると、彼女のカワイイ感じに別の部署から（嫌味めいた）苦情が来たりするが、それを「直接言ってくれれば話し合いますよお」とはねのける胆力を持っている。それだけ、つらい別れだったのだ。

「恋人、かあ」

いずこは呟いた。光瑠の言う侘びしさは、何となく分かる。恋人がいなくなると、ただ寂しいだけではなくなる。急に、装備していた鎧《よろい》か何かを剝《は》ぎ取られたように思えてくる。彼氏がいる自分から、彼氏がいない自分にランクダウンしてしまうような気がするのだ。

本当は、そういうものではないはずなのに。恋人がいるかいないかで、人間は格付けされるわけではないはずなのに。

「お帰りなさい、いずこ」

そんな葛藤を抱いて帰ると、マルコ（自称マルコ・ポーロと自分の中で称するのも面倒になってきた）がいずこを迎えた。

「まだいたのあんた」

つっけんどんに答えるいずこだが、マルコはまったく怯《ひる》まない。

「勿論《もちろん》です。お腹が空《す》きました。なにか食べ物はありませんか？」

それどころか、キラキラ瞳で夕食をねだってきた。

「あんた旅人でしょ。草とか掘って食べなさいよ」

「旅とは計画的に行うものです。草を食べないといけないようでは、その旅は失敗と言えましょう」

「わたしに夕飯ねだってる分際で旅行の成功失敗を云々《うんぬん》できるの？」

呆《あき》れながら、いずこは流しの下から食料を出し、テーブルに置いた。

「これくらいならあげるわよ」

カップ麺と箸である。種類は、ド定番シリーズのカレー味だ。何となく二つ買って、一つだけ食べて、カロリーがスープ込み四百超えという派手さに怯んでその後ずっと置いたままになっていたものである。

「これは、どのようにして食べるのですか？」

椅子に座り、カップ麺をまじまじと見ながら、マルコが言った。

「なんで家庭ゴミの処理方法は知ってるのにカップ麺の調理法を知らないのよ」

「ゴミについては、極めて危険性が高いので前もって学んでおきました。物事には優先順位があるわけですね」

マルコはえへんと言わんばかりの様子でそう答えた。計画的と言えば計画的である。

「やれやれ」

仕方ないので、お湯をポットで沸かしてカップ麺に注ぎ、タブレットを持ってきてスタンドで立てると画面にタイマーを表示してやる。我ながら至れり尽くせりだが、なんでここまでしてやらないといけないのかさっぱり謎である。はあ、と溜息をつきながら、いずこはマルコの向かいに座った。普段座っている椅子にはマルコが座っているので、その反対側。元彼が部屋に来るといつも座っていた椅子だ。ここに自分が座ることになるとは、思いもしなかった。

「ほう、ほう」

マルコはというと、そんないずこの内心も知らず実にうきうきしている。

「いい香りがします。とても食欲がそそられます」

目を閉じて、ゆっくりと匂いを嗅ぐ。

「この箸は、ワリバシというものですね。あ、bastoncini——お箸は使えますのでご心配なく。生前中国に長く滞在しておりました」

割り箸を割るや、マルコは感動する。

「なるほど。これは便利ですね。必要な時まではまとまっていて、いざ使う時にはしっかり二つに分かれると。素晴らしい！」

匂いやら割り箸やらだけでこの騒ぎようである。実食になるとどうなるのかと思いきや、

「なんと美味しい！　天上の音楽のようです」

圧倒的なほどの絶賛だった。開発した食品メーカーの人たちもここまで喜ばれると嬉しいだろう。ただカレー味なので、天上とか音楽とかルネサンス感溢れる表現を使われると戸惑う可能性大だが。

「というか思ったんだけど、なんであんたモノ食べてんのよ」

ふと、いずこは重要なことに気づいた。正体はいまいち不明だが、なんにせよ肉体の軛《くびき》からは自由になっているはずだ。食事する必要がどこにあるのか。そもそも、食べたものはどこへ行くのか。

「色々あるのです」

いずこの疑問を大ざっぱにまとめるマルコの目は、タブレットに注がれていた。

「これは実に面白い板ですね。時間を計るだけではなく、色々な使い道がありそうです」

研究対象を見つけた学者――というよりは、玩具《おもちゃ》を見つけた子供だろうか。うきうきわくわくといった感じだ。

「触ってもいいですか？」

「まあ、いいけど」

律儀に聞いてきたので、つい許可してしまう。

「上にスワイプすると、ロック外れるから。って言って意味分かる?」

「こうですか?」

マルコはタブレットの画面に指を滑らせた。

「おお、新しい文字や絵が沢山現れました」

瞬間、電流が走ったかのようにびくりとする。やはりこのマルコはマルコ・ポーロなのだろうか——そんなことをいずこは考えてしまう。反応にせよ表情にせよ言葉にせよ、タブレットというか電子機器の概念が存在しない人のものに見えてならない。

「今日は、ええと、水曜日。すなわちMercoledìですね」

日時の確認から始めている。これも、マルコ・ポーロ設定に基づいて行動するなら確かにこんな感じだろうか。

「というか、あんた日本語読めもするのね」

いずこは首を傾《かし》げた。マルコの言うことを信じるとすると、生前はヨーロッパのどっかに生まれた存在なわけで、日本語をすらすらと読み解くのは違和感がある。中国にいたらしいが、それで現代日本の言葉に習熟できるはずもない。

「旅人たる者、旅先の文化や習俗を学ぶことは重要です」

そんなことをマルコは言ってきた。確かに、マルコの箸の持ち方は美しい。上手さを競ったら正直いずこは負けてしまうだろう。

「その割にカップ麵の作り方は知らないのね。今や日本だけじゃなくて中国とかでも普及してるのよ。常識よ常識」

やや負け惜しみを込めていずこがそう言うと、

「なるほど。記録しておかねばなりませんね」

マルコは素直に頷く。記録というのは、いわゆる『東方見聞録《とうほうけんぶんろく》』のことだろうか。

――そういえば、マルコ・ポーロについていずこはほとんど何も知らない。旅人で、『東方見聞録』という本か何かを書いて、日本のことを黄金の国ジパングと呼んだ。せいぜいその程度の知識しかない。検索でもしてみようかと思ったところで、ふわあとあくびが出た。

「おや、眠くなりましたか。ご飯はまだなのでは?」

マルコが聞いてきた。

「外で食べてきたのよ。お腹いっぱいでちょっと眠いかも。――そういや、あんたは寝たりするの」

何となく、気になったことを訊ねてみた。

「勿論です。いずこは寝ないのですか?」

「寝るに決まってるでしょ。わたしはアクセサリーに宿った悪霊じゃなくて生きてる人間だし」

「わたしは悪霊ではありません。旅に出たいという純粋な気持ちが、若い頃の姿をとって現れたものです」

「死んでからも現世に留《とど》まって害をなすんだから似たようなものよ」

他愛ないやり取りを繰り広げながら、ふと思う。考えてみると、自分はどうしてこの変なヤツの相手をしているのだろう。カップ麺を食わせたり、たわごとにつき合ったり。部屋から追い出すなり、警察に突き出すなりするのが普通なのに。

——急に、苦い気持ちになる。もしかしたら自分は、心のどこかで「ランクダウン」したと思っていて、恋人がいなくなり、その穴埋めに何となくマルコを使っているのだろうか。

「いずこ、どうしましたか？　悪魔が囁《ささや》きかけましたか？」

心配そうな顔のマルコが、十字を切りながら言う。

「そういうのじゃないから。現代日本に悪魔とかあんま出ないから」

そんなひどい顔をしていたのだろうか。元彼にも、「不機嫌な時に表情に出過ぎ。暗い気持ちがうつる」みたいに言われたことを思い出す。

「ふむ」

しばしマルコは、考える様子を見せた。

「——いずこ、少し聞きたいのですが」

そして、真剣な顔で訊ねてくる。

「何かあったのですか。たとえば、大切な人との別れがあったとか」

「大きなお世話よ」

がしゃんと心のシャッターを下ろす。そこまで気を許してやる筋合いはどこにもない。マルコがほぼ正確に真実を見抜いているところも、余計にシャッターの必要性を感じさせる。

「同じ部屋で寝るのはヤだし、毛布貸してあげるからなんとかして寝なさい」

「いや、しかし――」

「もう寝るから。わたしの休みは土日しかないのよ」

会話を打ち切ると、いずこは一旦寝室で寝間着に着替えた。そして洗面台で手早くメイク落としやら歯磨きやらを済ませ、再び寝室へ舞い戻る。扉は一応鍵がかけられるので、がちゃりとかける。

頭の中では、マルコの言葉がぐるぐるしていた。

――たとえば、大切な人との別れがあったとか。

そう。大切な、人だった。大切にしては、いけない人だったのだけれど。

「ふむ」

一人残されたマルコは、椅子に腰かけたまましばらく考えを巡らせていた。

「マルコは知っています。つらい記憶を振り払うのに相応《ふさわ》しい手立てを」

うむ、と頷くと、マルコはタブレットを触り始めた。

☆　☆　☆

次の日。

「大江さん、来週の日曜日ひま？」

昼休みになるなり、上司の西村《にしむら》が元気いっぱいに話しかけてきた。

「課の有志でさ、テニス大会やるんだよ。大江さんもどう？」

結論から言うと、どうせその志を有しているのは西村だけである。この人がワンチーム感を味わいたいためだけに幾多のしょうもないイベントが企画されてきたが、今回もまったくしょうもない。なにが哀しくて日曜日に上司とテニスをやらないといけないのか。

「すいません。参加できません」

普段のいずこなら、もう少し遠回しに断るところだ。

「わたし、来週土日は予定がありまして」

しかし、今日のいずこは堂々たるお断りの言葉を繰り出した。本当に予定が入っているからである。

「ええ、本当？　残念だなあ。楽しいと思うんだけどなあ」

圧をかけてくる西村だが、いずこはひたすら断る。

「旅行に行かないといけないんです。京都まで」

タブレットにはアカウントを登録していて、アカウントにはクレジットカードの情報を登録していた。そのことを忘れて他者に貸したいずこは、IT社会に生きる人間失格といえる。セキュリティ意識が低すぎた。

『普通車の喫煙ルームは、三号車、七号車――』

しかし、まさかカップ麺の作り方も知らなかった人間が、一夜にしてタブレットを使いこなし、一泊二日の京都旅行を予約してしまうとは思いも寄らなかった。

いずこは新幹線のホームを歩く。リュックにダッフルコートにジーンズ。動きやすさと防寒性に最適化した出で立ちである。足元なんてスニーカーだ。こんな元気いっぱいなウインターファッション、いつ以来だろう。

新幹線の指定席、車両右側の二人がけの座席に、一人で座る。――そう、一人である。あくまで、見かけ上はだが。

『いずこ、新幹線には乗りましたか』

膝の上に乗せたリュックが、もぞもぞ動いた。

「ちょっと、声出さないでよ」

いずこは小声で叱りつける。

『大丈夫です。この姿の時のわたしはいずこ以外には見えませんし、声も聞こえません』

しかし、リュックからの声は収まる様子もない。もぞもぞした動きもどんどん大きくなり、ついにはファスナーが開いて何者かが顔を出した。

『よっと。ふう、インド航路を行く船ほどではありませんが、かなりの厳しさでした』

それは、マルコだった。——ただし、三頭身くらいの。

『おお、これが新幹線ですね！』

掌《てのひら》に乗る、人形サイズである。外見も三頭身に相応しく可愛らしいデフォルメが施されていて、ぷちマルコといった風情である。

『おや、いずこ。なぜ靴を履いたままなのですか。マルコは知っています。ジパングでは車両に乗り込む前に履き物を脱ぎます』

「それは機関車に初めて乗った明治時代の人でしょ。現代の人間は普通に土足で乗車するわよ」

マルコのジパング知識に突っ込みを入れつつ、いずこはこうなってしまったいきさつを思い返し始めた。


「おはようございます、いずこ」

マルコが来た次の日の朝。目覚めたいずこが鍵を開けて自室から出ると、マルコは笑顔で迎えてきた。

「あんた寝てないの？　やっぱり怨念だから寝なくていいとか？」

「怨念ではありませんし、寝られるなら寝るにこしたことはありません。しかし、いざという時は寝ずに動けるよう準備ができています。旅の途中では、のんびり寝ていると山賊なり獣なりに襲われる危険もあるものですから」

すらすらと説明するマルコは、徹夜明けとは思えないほどに元気である。

「はあ、それは見上げたものね」

適当にあしらいつつ、いずこは朝の準備をする。昨日シャワーを浴びてないので浴びたいが、部屋にマルコがいる状態はちょっと微妙だ。そこまで心を許した覚えはない。シャワーが済むまで廊下に追い出しておこうか——

「——ん？」

その途中でスマートフォンを確認したところ、プッシュ通知の欄に見慣れないメールが来ていた。

「なにこれ」

いずこの目が確かなら、新幹線やら宿泊施設やらの予約が完了した旨を告げるメールである。既にカード支払いまで済まされている。

「旅です」

マルコが、にっこりと微笑《ほほえ》んでそんなことを言った。

クレジットカードの無断使用。問答無用の犯罪である。いずこは早速一一〇番しようとした。しかし、通話ボタンを押す直前で指が止まる。

問題がある。この男のことをなんと説明すればいいのか。いきなり家に現れたマルコ・ポーロを自称する男。より正確に言うと、マルコ・ポーロの思いがアクセサリーに宿ったものだと自称する男。人の頭の中に直接話しかけるなど超自然的なことができる一方で、カップ麺の作り方を知らなかったりする男。

右のような説明を聞いたお巡りさんは、どう反応するだろうか。いずこが精神的に不安定なのではないかとか、薬物を摂取して意識が変容状態にあるのではないかとか疑うに違いない。マルコを通報して追い払うつもりが、自分の身柄が拘束されかねない。

「大丈夫、心配は要りません」

いずこの沈黙を違う風に受け取ったのか、マルコがふふふと笑う。

「この姿で歩き回ることはいたしません。以前よりも遙かに女性が旅に出る時代のようですが、わたしと二人で移動して恋仲と思われても心外でしょうし」

マルコは胸に手を当てて、何事か呟く。

瞬間、マルコの体は眩《まばゆ》い光を放つ。光が消えた頃には、彼の全身は三頭身に縮んでいた。

『どうです。すごいでしょう』

愕然《がくぜん》とするいずこの前で、三頭身マルコは得意げに胸を反らしたのだった。

まあそんな成り行きで、京都への旅行に来てしまったわけである。今思えば手数料なしでキャンセルすることだってできたはずなのだが、マルコの小型化に圧倒されて何となくそのまま出発してしまったのだった。

「窓際にしたのがせめてもの救いね」

スマートフォンを充電しながら、いずこは呟く。のぞみの客車のコンセントは、最前列と最後列、そして窓際にある。一応モバイルバッテリーは持ってきたが、万が一にも旅先でスマートフォンが充電切れになったりするとかなり困る。なるたけ電源は確保しておきたい。

『窓際の席なら、外の景色が見えますからね』

窓の縁の部分にちょこんと立ったマルコが言った。まあ、マルコ視点ではそんなところだろう。

車内はというと、ぽちぽちと人がいる感じでかなり空いていた。ホームの階段から遠い後ろの方の車両だからだろう。マルコが適当に取った席だが、もし自分でもこの方向性で考えたに違いない。多少歩いてでも、のんびりできる環境を手に入れたいタイプなのだ。

『いずこ！　富士山《ふじさん》です！』

マルコが、外を見ながらはしゃぎ始めた。随分な喜びようである。東海道新幹線の東京京都間片道分で満足し、安らかに成仏してくれないだろうか。

『マルコは知っています。富士山の近くには鷹《たか》となすびがあり、それを見つけると一年を幸福に過ごすことができるのです』

「ちょっと違うわね。富士山の周りは十海《じゆかい》っていう海になってて、十人の海賊がいるの。

それを全員倒して鷹となすびと富士山をひとつなぎにすると、この世のすべてが手に入るのよ」

適当な嘘を教えながら、いずこも富士山を眺める。

なにが哀しくて旅行に、と舌打ちしたくなる。ちょっとネット記事の見出しを目にしただけであれほどの精神的な痛手を受けたというのに、わざわざ自分で体験するなど以《もっ》ての外だ。

『この世のすべて、ですか。なんと素晴らしい』

そんな葛藤の元凶たるマルコは、いずこのしょうもない話を真に受けて瞳を輝かせていた。やたらと楽しげで、実に腹立たしい。京都に捨ててきてやろうか。

「──ふむ」

魅力的なアイデアである。だが、実現性の面ではハードルが高そうでもあった。観光地だし、ごみを捨てると景観ナントカ条例に基づいて罰金を徴収されたりするのではないか。マルコのためなんぞにリスクを負いたくはない。

別案として、古物店みたいなところで引き取ってもらうのはどうか。いずこは、首から下げたコンパス型のネックレスを触ってみる。

でも京都だし、一見客《いちげん》は断られてしまうかもしれない。誰も客がいないのに、「混んでますよって、また来とくんなはれ」みたいなことを言われて入れてもらえないみたいな。

とかなんとかマルコの排除手段を考えているうちに、小腹が空いてきた。

「おや、どうしましたか」

いずこがリュックをがさがさ漁《あさ》り始めたのに気づいたマルコが、振り返ってくる。

「おやつ食べんのよ」

取り出したるは、パックに入った三色の串団子である。来る途中コンビニに寄った時、なんとなく食べたくなって買ったのだ。

前の座席の背面テーブルを引いて、パックを置く。そしてぺりぺりと剝がすようにして開けると、串団子を一本手に取り、

「あっ」

取り落としてしまった。もう一方の手が反射的に動くが、受け止められない。なんという悲劇。一口も食べないうちに、あわれ串団子は新幹線の床に落下する——

「ハッ！」

そこに現れたのが、マルコだった。驚くほどの俊敏さで窓の縁から跳躍し、床ぎりぎりのところで串団子の持つ部分をキャッチし着地する。

「ふう、間に合いました」

マルコがほっと息をつく。いずこだと指で挟むだけだが、マルコは両手でしっかり支えている。なにせ串団子の方が大きいのだ。姿勢だけで言うと、伝説の大剣か何かを構えているかのようである。

「よっ、ほっ」

マルコは串団子を持ったまま、まずはいずこの隣の座席に跳び上がり、そこからテーブルの上へとジャンプする。串団子未満サイズのマルコの大きさから考えると、途方もない運動能力だと思うのだが、その辺どういう仕組みになっているのだろう。

「さあ、いずこ。どうぞ」

マルコが、串団子を差し出してくる。

「ああ、あげるわよ。せっかく落ちないようにキャッチしてくれたし」

いずこがそう言うと、マルコは目を輝かせた。

「本当ですか！　嬉しいです！」

まあ、気持ちは分かる。小さくなって美味しいお菓子を沢山食べるというのは人類の大いなる夢の一つだ。ヘンゼルとグレーテルだってその応用みたいなものである。

「しかし、食べもせずに落とすとか鈍くさいなあ」

ぽつりと呟く。職場等では紙一重のところで隠しているが、実のところいずこは大変へっぽこである。たとえば手先は不器用だし、よくものも取り落とす。たとえばスマートフォンの画面はいつもベキバキ気味だ。たとえば運転がド下手であり、路上教習で教習車をゴリゴリ擦《こす》った。たとえばそもそも運転席でハンドルを握らずとも、徒歩で移動しているだけで人やものにぶつかる。

『いずこはあれだよな、普通自動車免許の前に普通人間免許とった方がいいんじゃね。ものを壊さないとか落とさないとか』

元彼はそう言って笑った。自分ではうまいこと言えたと思っていたらしく、ことあるごとにその言い回しでからかってきた。普通の人間未満だと言われたいずこがどう感じているのかは全然考慮しておらず、むしろいずこの欠点をユーモアで包んでやっているくらいの態度だった。

「どうしましたか、いずこ」

テーブルの上で串団子に挑みかかっていたマルコが、顔を上げて訊ねてきた。いずこの様子に気づいたらしい。

「——何でもない」

窓の外に目を向ける。いつの間にか、富士山は見えなくなっていた。

京都駅で、新幹線から降りる。

実のところ、京都に来るのは初めてである。中学校の修学旅行は北海道で、高校はシンガポールだった。遠足で来るほど近くもなかったし、大学生の頃は別に旅をするタイプではなかったし、元彼は「京都とかベタすぎ」などと言って来たがらなかった。本当に、縁がなかったのだ。

『我々は、かつてのジパング王城の地に降り立ったわけですね』

マルコが、感慨深げに言った。リュックの中は大変だというので、今はペットボトルを入れるサイドポケットに顔だけ出す形で突っ込んでいる。

『JRの駅でそれを言ってもね』

京都が都だった頃とJR京都駅は、歴史的に見て全く関連性がない。せいぜい繋がりと言えば、地理的に同じ場所にあることくらいだろう。

たとえば行き交う人にしても、京雀《きようすずめ》というわけではない。アジア欧米中東、世界中から訪れる外国人観光客。スーツ姿のビジネスマン。若者も、学生風、バンドマン風、ヤンキーっぽいのとバリエーション豊富だ。更にはお年寄り、親子連れ、おじさん、おばさん——種々雑多というか、一通りあらゆるタイプの人がいる。

京都駅は新幹線が止まるわけで、当然のことではあるだろう。しかし、何だかありがたみがないようにも感じてしまう。別にいずこに京都感を味わわせるために京都駅が存在しているわけではないのだが、京都っぽさというものが今一つ今二つだ。

『いずこ、いずこ。かつては都だったのなら、日本の皇帝が住む宮殿のようなものがあるのではありませんか？』

マルコが、そんなことを訊ねてきた。

『皇帝て。まあ、要するに御所《ごしよ》のことよね』

スマートフォンを取り出して、地図アプリで検索してみる。歩いて行けなくもなさそうだが、地下鉄かバスで行くのがよいようだ。

「——うーん、バスかな」

少し迷ってから、いずこはバスで行くことに決めた。京都のバスは定額制で、地下鉄よりも多少安かったのだ。あと、東京圏の感覚かもしれないが、地下鉄の方が混んでいそうなイメージがある。

「バス停は――ここかあ」

メインの出口から出ると、すぐにバス停があった。馬蹄《ばてい》のようなU字を左向きにした形で、乗り場がいくつもある。

『あの尖塔《せんとう》はなんでしょう。登ってみませんか』

マルコはというと、何やら別のものに興味を惹《ひ》かれていた。

バス停を挟んで更に向こう、横断歩道を渡った先にある建物。そのてっぺんから生えているような、白と赤の塔である。ぱっと見、チェスの駒か何かにありそうな形だ。

『あれは確か京都タワーよ。ジパングの大きな街は、高い塔やらなんやらを建てたがるのよね。――あ、バス来たじゃない』

バス停に、バスがやってきたのが見えた。待っていた乗客たちが、次々と乗り込んでいく。何だか、ぼやぼやしていると乗り遅れそうだ。

『ほら、行くわよ』

慌てて、いずこはバスへと向かう。

「――あ、あれ？」

その選択が間違いだった。

『次は七条《しちじょう》堀川《ほりかわ》、七条堀川です』

『いずこ、何かが妙です。わたしの旅人としての勘が、これは違うと囁いてます』

マルコが言う。

『そんな大仰なものに囁かせなくても大体分かるわよ』

吊革を持って窓の外を見るという姿勢のまま、いずこは答えた。外はずっと同じ屋根付きの歩道が続いているが、明らかに違う方向に移動していることは理解できる。

『次は、七条大宮《おおみや》・京都水族館前、七条大宮・京都水族館前です』

このバスはスピードが出るわけではなく、さほどの急ブレーキもない。ほぼ一本道で進んでいるので、激しい揺れがあるわけでもない。なので快適度が低いということはないのだが、困る点が一つあった。

『大宮五条《ごじょう》、大宮五条です』

短いスパンでバス停に止まり、次々に人が乗ってくるのだ。いまや身動きもほとんど取れない。普段から多いのか、それともたまたまの積み重ねで混んでしまったのか。

スマホを出して現状を確認したいところだが、身をよじることもできない。さっきまでのようにコートのポケットに入れていたらまだどうにかなっていたかもしれないが、新幹線から降りる際に充電器ごとリュックに入れてしまった。

ではそのリュックはどこかというと、他の人の邪魔にならないよう床に置いて足で挟んでいる。姿勢を変えてそこから中身を取り出すほどの空間的スペースは、どこにも存在しない。せっかく自分の現在位置もバスの行く先も簡単に調べられる道具を持っているというのに、使えない状況に追い込まれてしまっているというわけだ。

『ほんと、いずこって独創的だよな』

元彼の嫌味が、頭の中で響く。確か、駅から五分の待ち合わせ場所に行こうとして隣の駅に着いてしまった時のことだ。慌てて携帯にかけたら、失笑しながら言われたのである。

『なんでこういう失敗するのって感じ。やろうと思ってもできないよ。ある意味天才』

こんな時まで出てくるなと言ってやりたいが、いやむしろこんな時だからこそなのかもしれない。こんな時だからこそ甦り、いずこがあの頃からまったく進歩していないことを思い知らせてくるのかもしれない——

『うぐぐ、苦しいです』

マルコが悲鳴を上げた。

『押し潰されています』

足元を見やる。リュックは丁度横向きで挟んでいて、マルコの入っているサイドポケットは、いずこの背後——通路側を向いている。

体を捻《ひね》って見てみると、真後ろにいる観光客風の人が、大きなキャリーバッグをわきに置いていた。どうやらマルコは、このキャリーバッグとリュックの本体とに挟まれる形になってしまっているらしい。

『我慢しなさい』

『くっ、シルクロードの砂漠も東洋の風土病も耐えたわたしですが、この圧迫感は厳しい』

マルコが呻《うめ》く。

『もう、だから中に入ってなさいって言ったのに』

足でなんとかリュックの場所を変えてやろうとするが、中々上手くいかない。

『我が命運もここまでかもしれません。——ぐはアッ!』

マルコが、少年漫画のバトルシーンでパンチを食らった時のような声を出す。大袈裟《おおげさ》なと言いたいところだが、三頭身の状態でキャリーバッグに押し潰されるとそういうことになるのかもしれない。このままだと、ぺしゃんこになってしまうのではないか。

『次は四条《しじょう》大宮、四条大宮』

『——ああ、もう仕方ない!』

ついに、いずこは降車ボタンを押したのだった。


『助かりました』

バスから降りるなり、マルコが礼を言ってきた。

『どういたしまして』

返事をしつつ、いずこは自分に呆れる。考えてみれば、マルコが押し潰されるよりも前にさっさと降りておけばよかったのだ。間違った路線に乗り続ければ乗り続けるほど、当初の目的地からは離れてしまうのに。ドジな上に、ピンチな時に機転も利かない。さすが自分。ダメすぎる。

ようやく取り出せたスマートフォンで、地図を確認してみる。やはり全然違っていた。ざっくり言って、真っ直ぐ北に行かねばならないところを西に向かって進んでいた。このまま地球を一周しても辿《たど》り着かない。

『面白い街並みですね！』

マルコが言った。いずこも周りを見回す。

四条大宮なる地は、それまでバスの中から見ていた「京都」と何かが違う。何というか、見慣れた感じがするのだ。

駅前のビルや建物に入っている店舗は、ファミレスにコンビニに都市銀行など、普通の駅前と変わりない。行き交っている車も牛車《ぎっしゃ》や人力車ではなく乗用車やトラックだ。だが、見慣れた感の由来はそこではない。どこがどう、と上手く言えないのだが――

『いずこ、あの道は少し違いますね』

マルコが、そんなことを言った。

『どの道？』

『あちらです』

もそもそと、マルコが肩によじ登ってくる。

『見てください。斜めですよ』

マルコが指差すのは、少し先にある道だ。確かに車道が斜めに走り、それに挟んで街並みが続いている。

「ああ、そうか」

ようやく、腑《ふ》に落ちた。斜め。それがポイントだったのだ。

——バスの中で見る京都の街は、碁盤状だった。つまり直線と直線が交差しているわけで、バスも真っ直ぐ走っていた。

しかし、目の前の光景は違う。斜めの道が走り、それにより眺めに縦と横以外の概念が盛り込まれている。立ち上げっぱなしの地図アプリによると、後院通《こういんどおり》という名前の道らしい。

『面白い。実に面白いですね』

マルコが目を輝かせる。確かにちょっと違う雰囲気はあるが、そこまで面白がるほどのこなのだろうか。

『というか、あんた宮殿に行かなくていいの?』

いずこは、そう訊ねた。最初に行きたいと言っていた目的地から、遙か遠く離れたところに連れてこられてしまったのだ。斜めの道を見つけて喜んでいる場合なのだろうか。

『大丈夫です。むしろ、行かなかったことでまったく別のところで新しい見聞を深めることができました』

マルコの答えは、明快だった。

『皇帝の宮殿というのは、いずこの様子からしても誰もが知る名所なのでしょう。しかしここは違います。名所を訪れることはある意味では簡単なことですが、こういう場所を見つけ出すことは容易《たやす》くはありません』

『前向きね』

いずこは、自分が少しばかり不機嫌になるのを感じた。マルコが乗っている肩とは反対側の方を向く。

マルコの前向きさは、否応《いやおう》なくいずこの後ろ向きさ加減を際立たせてくる。行きたかった場所に行けずとも、着いた場所で新しい楽しみを見出すマルコ。済んだことをいつまでも済んだことにできず、思い出しては嫌な気分で居続けるいずこ。

『女ってさあ、しつこいよな。ずっと昔のことをネチネチ根に持って、SNSとかで「あんなことがあった!」「やり返してやったけどな!」とか「もう気にしてないけどな!」とかいうヤツ。気にしてないならもう言うなっての。全然サバサバできてませんから、みたいなね』

頭の中の元彼が追い打ちをかけてくる。

『ほら、男は狩りで前に前に進まないといけないけど、その間女は村を守るわけじゃん。だから狭い範囲と視野でものを繰り返しねちねち考えて、細かい見落としがないようにするというか。そんな説があるらしいよ』

なるほどそうか、原始時代からの役割分担だから仕方ない――と納得できるほどいずこはお人好《ひとよ》しではなかった。どうせネットで見た程度の話だろうし、大体「現代人が想像した狩猟採集時代の生活に基づいた話」に基づいて、今を生きるいずこたちが分類される筋合いもない。

『へえ、そうなんだ』

だというのに、いずこは文句も言わずそれに合わせていた。口喧嘩《くちげんか》になるのは嫌だったし、こういう知識披露みたいな話をハイハイと聞いていれば元彼は機嫌がいいのだから、それでいいと思っていたのだ。消極的に「女は生まれつきしつこくて思考の範囲も視野も狭い生き物である」という論を認めることにもなっていたが、気にしないようにしていた。ここで張り合っても意味はない、可哀想なやつだと内心で思っていればいいのだ、なんて誤魔化していたのだ――

『いずこ、いずこ』

マルコに話しかけられ、いずこは現実に引き戻された。また、昔のことばかり考えていた。今の状況に関係あるわけでもない。連想に次ぐ連想の飛び石で、どんどん関係ないところへ行ってしまうのだ。元彼には『女の子らしいね』と上から目線で笑われたものだ。

『少しあの道を歩いてみましょう』

マルコはというと、相変わらずご機嫌である。

『別に、斜めなだけで普通の道だと思うけど。まあ、行きますかね』

彼のウキウキを分かち合うほどハイテンションには到底なれないが、「お前の行きたい道になど行ってやらない」というほど意地悪でもないので、とりあえず歩き出してみる。

まず目の前の横断歩道を渡る。そこには阪急《はんきゅう》電車の四条大宮駅があり、駅を左に行くと細い路地があり（大宮通《おおみやどおり》というらしい）、その路地のもう一つ向こうが斜めに伸びる後院通である。

『この7という数字は何を意味しているのですか？』

大宮通と後院通の中洲《なかす》のようになっているところ、その先端にある建物を見上げながらマルコが言った。

『コンビニエンスストアよ。雑貨店みたいなもの。日本には大体どこにでもあるの』

古代の京都は十二の国からなっていて、四条大宮は七つ目の国の首都なのだとか適当なことを教えようとも思ったが、セブンイレブンを見る度に設定を追加するのも大変なのでやめておく。

『で、この道を歩いて何をするのよ』

別に、とりたてて変わったところもない普通の通りである。コンビニと同じ建物には都市銀行が入っていて、通りの反対側にはカラオケにネカフェにドラッグストア。典型的な、「駅前」だ。

『何をする、ということはありませんが』

マルコが、そう答えてくる。

『目的ないの？　じゃあ何のために歩くのよ』

返答の不思議さに、いずこは戸惑った。京都に行きたい、御所を見たい、というのは分かったが、目的なしに道を歩きたいというのはどういうことなのかさっぱりである。

『そうですね』

少し考えてから、マルコは言う。

『歩くためです。知らない土地、知らない道。それを行くこと自体がわたしにとって旅の大きな目的の一つなのです』

「――そう」

何だか、意外な考え方だった。元彼とは、正反対だ。

元彼は、何をするにも「ねらい」があった。映画や音楽やドラマは流行を押さえ話題に乗るため。おいしいご飯のお店に行くのは、グルメに詳しくなって一目置かれるため。読書は仕事に役立たせるため。旅行は「あちこち旅をするアクティブな自分」をアピールするため。

勉強熱心で、自分磨き《セルフブランディング》の努力をたゆみなく続けているといえるかもしれない。しかし、仕事に直接役立たない本――小説とか漫画とか――は馬鹿にしていたし、映画の話はいつも興行収入とか原作の売り上げとかそんな話ばかりだった。マルコのように、過程そのものを楽しむなんていうことは決してない人間だった。

「はあ」

溜息が出た。自分がいかに元彼の影響下にあったかということに思い至ったのだ。マルコのことを不思議に思ったのは、そういうことだ。行動には目的が必要で、目的は得られる結果から算出される。そういう考え方に、骨の髄まで毒されていたのだ。

『いずこ、どうしましたか？　立ち止まってしまって。この建物に何かがあるのですか？』

マルコが、右手の建物を見上げて言った。パチンコ店である。いずこが立ち止まった理由とは何の関係もない。

『自分のことが、情けないというか』

いずこは呟く。

『あんたみたいに、何をしたいとかないのよ。自分がどうとか、ないのよ』

未《いま》だに、別れた彼氏の影響下にいるまま。何をするにも、あの時はどうだったかとか、彼は何と言っていたかとか、そんなことばかり。

自主性だってない。勝手に旅行を用意されて、何となくここまで来てしまった。文句を言って拒否するでもなく、切り替えて楽しむでもなく、流されるままふらふらしている。行き先も自分で決めず、意見も出さず、任せっぱなし。何一つ、自分でやっていない。

『すごく、薄っぺらなの。しょうもない人間なのよ』

男に、捨てられるくらいに――という部分はすんでのところで飲み込んだ。明確に伝えようと念じなければ、心の中がマルコにダダ漏れになるということもないようだ。

ほっとしたところで、手押し車を押したおばあさんが通り過ぎた。おばあさんは、いずこを怪訝《けげん》そうに振り返ってくる。

いずこは、ようやく自分が道の真ん中で突っ立っていることに気づいた。慌てて脇に寄り、スマホを触るふりをする。

ホーム画面を左右にスワイプし、メッセージアプリを立ち上げては落とす。この作業そのものが、いずこらしいとも言えた。そう、ふりだ。

日常生活を送っている、ふり。痛手を乗り越えた、ふり。前に進んでいる、ふり——

『そんなことは、ないと思いますよ』

肩の上のマルコが、言った。

「——は？　何言ってんの？」

『何かというと、わたしの見解です』

マルコは、ぴょーんとジャンプするといずこの見ていたスマホの上に着地した。

『よいですか、いずこ。貴方はとても興味深い人です』

そして、びっと指を突きつけてくる。

『言葉は刺々《とげとげ》しいですが、一方でどこかユーモアがありくだけているので不快な印象を受けません。服のセンスは、いずこのやや鋭い目つきや低めの背丈にマッチしています。大人っぽい雰囲気を湛《たた》えている割にうっかりが多いですが、それは人間味を感じさせるとも言えます』

大きなお世話だと言いたくなるようなものばかりだが、いずれもいずこを褒めてくれていた。よく見て、いいところを探してくれた上での言葉だった。

『でもそれ、どれも大したことじゃないじゃない』

とは言っても、それはあくまでよく見て探して見つけ出したような「いいところ」ばかりだ。同じ程度の美徳を持っている人間は、世の中にごまんといるだろう。

『確かに、一つ一つは際立っているわけではありません。しかし、同じような印象を受ける人でも、どれかの組み合わせが違うものです。好きな食べ物、苦手なもの、これまでの経験、考えていること——それらはすべて違います。いずこも、違うのです。いずこには他の誰にもないいずこらしさがあります。そしてそれは、決してくだらないものなどではない』

スマホを触るふりも忘れて、いずこは呆然《ぼうぜん》とした。自分は、何を言われているのだろう。いや、分かっている。励まされているのだ。元気づけられているのだ。しかし、理解が追いつかない。誰かからこんなにも肯定されたのは、いつ以来のことだろうか。

『そこ、直した方がいいよ』

『そういう喋り方、やめようよ』

『食べ過ぎだよ。最近太っただろ。余計に見栄え悪いよ、色々』

甦るのは、元彼がくれた上から目線の「アドバイス」だ。今思えば、即激怒してもいいようなものもあった。しかし、いつもいずこは自分が悪いと受け止め、直そうとしていた。

そしていつからか、自分は批判され否定されるのが当たり前だと思うようになっていた。だから、突然手放しで褒められまくって、どうすればいいのか分からないのだ。

『もし、やりたいことがあるなら付き合いますよ。何をしましょうか?』

マルコが言う。

「急に、言われても」

勝手知ったる家の傍《そば》とかならまだしも、今いるのは人生初の京都である。京都で何をしたいとか考えたこともないし、そもそも何ができるのだろう。人力車に乗ったり舞妓《まいこ》さんと写真を撮ったりとか、そういうありきたりなイメージしか湧いてこない。

きょろきょろ見回していると、中華料理の店舗が目に入った。近畿地方を中心に全国に展開している中華料理チェーンである。なんと、一号店らしい。似た名前のチェーンが大阪にあるというのは知っていたが、こちらが京都発祥とは知らなかった。

『ああいう店をさ、テレビのトーク番組が扱ってさ。芸人が「ナントカ芸人」とか毎回テーマ決めて、知ったかぶりで延々喋るくだらないやつ』

いつだったか。デートで同じチェーンの店の前を通った時、元彼が言ったことがあった。

『そこで取り上げられたらさ、次の日から女が山ほど並んでんの。マジ笑ったわ』

その目に浮かんでいたのは、ナチュラルな軽蔑。

『女子が並んでランチする店かよって。女が並ぶのはパンケーキだろパンケーキ』

『みんな、自分で考えられないんだよ』

いずこはそう相槌《あいづち》を打った。自分も同じ扱いを受けていることが半ば分かっていながら、話を合わせてしまったのだ——

「お昼ご飯を」

唐突に、いずこはそう口にしていた。マルコだけに伝わるよう、念じるのではなく。

「お昼ご飯を、食べるわよ」

自分の口から、声に出して。

行ったことはないけれど、がっつり系のお店というイメージだった。作業着の人や体育会系の学生が、汗だくになって高脂肪高カロリーのメニューを平らげているような。換気扇から、ニンニクとニラの匂いのする煙が吸い出されているような。入った途端、怒号のような「らっしゃい！」を浴びせかけられるような。

——だから、扉を開けて入った瞬間目に見えた光景にいずこは戸惑った。

厨房《ちゅうぼう》とカウンター席。左手には階段。店員さんは忙しそうに立ち歩いているし、カウンターにいるのはおじさんやおじいさんばかりだ。しかし、それでも想像していたのとは随分と雰囲気が違った。別に超小洒落てるとかそういうことはないのだが、とてもすっきり爽やかなのだ。

『これがジパングの料理店ですか！　畳三枚分くらいの空間で、主《あるじ》と花を飾ったりして遊ぶという話を聞いていたのですが』
マルコが感嘆した声を上げる。多分茶室か何かと混同しているが、突っ込む暇もなかった。
「二階席にどうぞ」
店員さんの一人が、そう言ってきたのだ。

二階は、テーブル席が並んでいた。一階のカウンターもそうだったが、結構空いている。木目調のテーブルはいずれも四人がけで、一人で占拠することには少し戸惑いもあるのだが、空いているので気を利かせて通してくれたようだ。カウンターよりも座り心地がいいので、正直結構嬉しい。

『この沢山あるものは——調味料のようですね。味の分からないものもあります』

マルコがテーブルの端の瓶を眺めている。

『ラー油、餃子《ギョウザ》のたれ、揚物用塩——ブラックペッパー？　黒こしょうがこんなに！』

最後の一つに、マルコはえらく反応した。

『さすがジパング！　黄金だけではなく、香辛料も豊富だと聞いていましたが、やはり事実だったのですね』

『多分あんたの時代とはまた事情が違うと思うけど』

言いながら、店員さんが持ってきてくれたお冷《ひ》やを口にする。お冷やのグラスには、店のロゴがデザインされている。ロゴはアルファベットで、鋭角な感じがロックバンドぽくも見える。

『さて、なににしようかなぁ』

呟いて、冊子になっているメニューを開く。

『――えっ』

そして、次の瞬間いずこは目を見開いた。

メニュー自体は普通である。ひよこの丸焼きとかトカゲの佃煮《つくだに》みたいな奇天烈な料理が並んでいるわけではない。いずこに衝撃を与えたのは、一つ一つのメニューに添えられたある表記だった。

「ジャスト、サイズ」

声に出して、読み上げてしまう。その値段は、通常メニューの半額プラス税と表記されている。意味するところは、明らかだ。沢山食べない人――女性などを考慮した仕組みである。

大したことではない。それは分かっている。だというのに、湧き上がってくる痛快さを抑えられない。ざまあみやがれ、である。元彼の化けの皮を、剝がしてやった。このチェーンは、女子がランチできるお店だったのだ。何も知らなかったのは、あの男の方だったのだ。

「リャンガーコーテル、ソーハンダイ、クールーロー」

マイクを通したような響きの声が聞こえてくる。オーダーのようだが、不思議な言葉である。中国語、というのも違うような気がする。このチェーンならではの、オリジナルの表現があるようだ。何だか、嬉しくなってしまう。ここでしかできない体験を、自分はしている。

『いずこ、これもメニューなのですか？』

マルコが何かを指差した。冊子になっていない、ファミレスなら季節のメニューなどが載っているあれである。

それを手に取ってみて、いずこは驚いた。なんと、この一号店——四条大宮店のオリジナルセットメニューらしい。

もしやと思って見てみると、冊子のメニューにも「おつまみ&オリジナルメニュー」なるものがあった。ジンギスカンやゴマダレ棒々鶏《バンバンジィ》、ネギ塩タンハート焼などバリエーション豊富だ。チェーン店なのに店舗ごとにオリジナルメニューがあるなんて、とても面白い。

『ところでいずこ、これは何ですか？』

どれにしようかな、と迷っていると、マルコが訊ねてきた。卵を大きくしたような形のボタンで、押すところに餃子の写真がついている。

『それを押して店員さんを呼ぶのよ』

『なるほど。ベルのようなものなのですね。試してみましょう』

マルコはボタンの上に乗ってジャンプした。

『ちょ、ちょっとなにやってんのよ。まだ注文決めてないのに』

いずこは慌てふためく。

『おや、そうだったのですか。まあ、来た時に決めればよいでしょう。旅には即断即決が必要な場面もあります』

マルコは悪びれた様子もない。怒鳴りつけてやろうとしたところで、店員さんがやってきた。慌てて、何事もなかったかのように取り繕う。他の人にはマルコの姿が見えていないのだから、マルコと何かしていると変な人扱い一直線である。

「ええと、そうですね――」

いずこはオリジナルのセットメニューに目を落とす。どれもこれも、一食でいずこの一日の摂取カロリー量の上限をぶち抜いてしまいかねないものばかりである。

『食べ過ぎだよ。最近太っただろ。余計に見栄《みば》え悪いよ、色々』

元彼のありがたいアドバイスが再び甦り、いずこは決断した。セットで食ってやる。

「――ええと」

しかし、矢継ぎ早に次の決断が迫りくる。オリジナルセットメニュー、なんと五種類もあるのだ。名前からしていかついスタミナセット、醤油《ラーメン》炭水化物に炭水化物を足す中華そばセット、当店不動の一番人気だという天津飯セット、あっこれ美味しそう。

「天津飯セットでお願いします」

「はい、天津飯セットですね」

店員さんは注文を取り、テーブルを離れていった。

じわりと後悔が湧き上がってくる。天津飯。卵にたっぷりのぎらついたあん、そしてご飯である。きっと爆発的なカロリーだ。しかも写真を見る限り、餃子が六個に唐揚げ二個にスープまでついてくるらしい。これはとんでもないものを選んでしまったのではないだろうか。肉団子と餃子がメインの大宮セットや、餃子が三個のジンギスカンセットにしてもよかったのではないか。

『わたしは注文していないのですが』

マルコが不満そうにする。

『そのマルコサイズじゃ食べられる量なんてたかが知れてるでしょ』

『外見が変わっているだけであって、本質には変化がありません。よって、食べる量は元のままなのです』

『それ物理的に辻褄《つじつま》合わないでしょ』

と言いつつ、そういえばマルコはいずこがあげた串団子を一本全部食べていたのを思い出した。自分より大きい串団子を食べろと言われても、普通不可能だ。となると、マルコの言うことは本当なのかもしれない。

『というか、思ったんだけど。他の人にはあんたの姿が見えないなら、あんたがものを食べている時に周りの人からはどう見えてるの？　ちょっとずつ減っていったりするの？』

それはそれで大問題である。心霊現象か何かと思われてしまうかもしれない。姿を見せずご飯だけ食べる幽霊、というのもしまらないが。

『分かりません。この姿を取ったことは今までほとんどありませんでしたし。思ったよりも上手くいきました』

『ちょっと待ちなさいよ。ぶっつけ本番だったの？　もしダメだったら、喋る人形と旅する謎の女になるところだったじゃない』

『ならなかったのですから、心配をする必要はありません』

『そういう問題じゃないでしょ』

とかなんとか話しているうちに、天津飯セットがやってきた。

『おお、これはすごい！』

マルコが感嘆する。ああ、確かにすごい。写真通り、いやむしろそれ以上のボリューム感である。

まずなにより餃子だ。大きい。実にしっかりした餃子である。これが六個もあって一人前。唐揚げが二個もついているのに、とんでもないサイズだ。

そしてメインの天津飯である。見るからに柔らかそうな卵、そしてとろとろかつ輝くあん。なんと眩《まぶ》しい。これは太陽だ。燃え盛る太陽が、テーブルの上に姿を現したのだ。

太陽の光が、いずこの食欲を照らし出す。最早一刻の猶予もない。

「――いただきます」

手を合わせると、いずこはついてきたレンゲを手にした。そっと、天津飯に落とす。ふわりとした音のない手応えと共に、レンゲは天津飯に吸い込まれていく。

そっとすくい上げ、口元まで運び、そしてパクリと食べた。

――実のところ、いずこは天津飯という中華料理を有名な割に食べたことがない。だから、訪れた味覚にはかなり戸惑った。

ぎらぎらとした外見をしているが、その味は意外なほど柔らかい。もっと辛《から》さで押しまくってくるような感じと思いきや、むしろ正反対だ。

卵もご飯もアツアツで、旨味とコクを纏っている。つまり、柔らかくあっても薄くはない。むしろ濃厚と言える。分厚く柔らかいといえば何だろう、たとえば――羽毛布団？

いずこは我に返った。食べ物を羽毛布団にたとえるのはあまりに無理がある。なぜ語彙がこのように破綻してしまったのか。それは、この天津飯が美味しすぎるからだ。

二口、三口と食べ進める。本来いずこはどのおかずも順番にまんべんなく食べる方だ。しかし、今回は別である。食べたい、もっと食べたい。そんな欲求が、レンゲを動かす。あんの池に浮かぶ小島のような天津飯を、どんどん侵略していく。

『マンマミーア！』

島の半ばまで制圧したところで、マルコが素っ頓狂な声を上げた。見ると、自分より大きい割り箸を担いで餃子の一つを切り分けている。

『ちょっとあんた、何勝手に食べてるのよ』

『この餃子、素晴らしすぎる！』

いずこの不満の言葉にも耳を貸さず、マルコは一人で感動している。

『餃子は知ってるのね。というか、たれつけて食べなさいよ』

小皿に餃子のたれを入れ、ついでに食べやすいように餃子を細かく切り分けてやる。

『わたしは長く中国に滞在しておりました。その時には、餃子もよく食べたものです。しかし、この焼き餃子はその時食べたものを上回ります』

『そりゃまあね。具体的に何世紀か知らないけど、道具も材料も調味料も今の方が遙かに洗練されてるでしょ』

言いながら、いずこは餃子を箸で挟む。こんがりときつね色に焼けていて、実に美味しそうだ。

たれにつけ、口元に運ぶ。そして大体半分くらいのところで、がぶりといった。

ファーストコンタクトは、ぱりっとした皮の食感。続いて種と肉汁が溢れ出してきて、いずこの心を一気に満たしてしまう。

餃子の見た目は、大きいとはいえスリムである。背の高いモデル体型、みたいな感じだというのに、中から溢れ出てくる種のボリュームがただ事ではない。

そういえば、このチェーン店は「餃子」を名前に冠していた。なるほどという感じだ。

餃子の、と高らかに謳《うた》っているのはこういうことだったのだ。まさしく看板商品である。

残り半分も食べる。その美味しさが、いずこの箸を二つ目の餃子へと誘った。たれをたっぷり一歩手前までつけて、口へと運ぶ。

そして訪れるのは、圧倒的な体験。一度経験してもなお、まったく飽きない。むしろ、もっともっとだといずこの欲求を突き動かしてくる。

「たれもすごくいいのよね」

飲み込んで、いずこはそう呟いた。少し辛めで、かつ濃厚。しかし、餃子の味を潰してしまうことはしないという絶妙なバランス。自分のところの餃子の味を引き立てることを目的とし、それに最適化した調味料なのだ。なんという贅沢《ぜいたく》。美味しくて当然なのである。

三つ目に箸を伸ばす辺りで、いずこは一人前が六つもあるその理由を解明した。もしかしたら、焼く器具の都合とか値段との兼ね合いとか色々あるかもしれない。だがやはり、一番の理由として、二つ三つでは食べ足りぬという人が多いのではないのか。美味しい食べ物には二種類ある。お腹いっぱいになるまでどんどん食べたくなるものと、少量で完成するものと。ここの餃子は、明らかに前者だ。

『驚きました。料理が進化するものであることを、私は初めて知りました。故郷にはラビオリという似た料理がありますが、あれも進化しているのでしょうか』

マルコが、しみじみと呟く。生まれも育ちも現代日本であるいずこにその感慨を理解することはかなわないが、それでも深い何かがあるのだろうと想像はできた。

『しかし、驚いたと言えばもう一つ』

マルコは、今度はいずこを見上げてきた。

『いずこの食べっぷりです。想像以上に健啖家《けんたんか》、大食漢なのですね』

複雑な気持ちになってしまう。大食漢と言われて、褒められたようには今いち思えない。

『素晴らしいことですよ。美味しいものを美味しく食べられるのも、また美徳です。美味しさを表現する食べ方ができる、というのはいいことに決まっているのです』

『そう』

口元が、少しだけ緩んでしまう。

『そう、かな』

食べる姿がいいと、褒められるなんて。

「――よし」

いずこは腹を決めた。もうカロリーを気にしすぎるのはやめだ。

――健康の維持という水準を超えて節制し、細身の体型を保ちたいという人がいてもいいと思う。そこに美を見出し、追求するのもまた一つの価値観だ。

『食べ過ぎだよ。最近太っただろ』

しかし、それはあくまで自分で進んでやるからこそである。誰かに強いられて、ましてやバカにされてまで無理矢理やるようなことではない。

『余計に見栄え悪いよ、色々』

元彼が残していった呪いの言葉が、徐々に解けていく。摂取カロリーに囚《とら》われ、kcal《キロカロリー》という文字に縛られ、見えなくなっていた何かが見え始めている気がする。

『餃子、美味しいですね』

いずこが思いを巡らしている間にも、マルコは餃子をどんどん食べようとする。

『あんた、注文したのはわたしなんだから遠慮しなさいよ』

いずこはマルコをぴんと指で弾《はじ》き阻止した。そうはいかぬという話である。

『ぐはアッ』

マルコは机をころころと転がり、起き上がってから抗議する。

『それはあまりに吝嗇《りんしょく》、すなわちケチではないでしょうか。マルコは知っています。ジパングでは餃子を気前よく譲らない人間には神罰が下り、食後に牛になると言われています』

『適当な言い伝えをでっち上げないでよ。黄金の国がどうとかいうのも、そのノリで書いたんじゃないでしょうね』

二人でわいわい喋っていると、大学生の一団が現れた。三人、みな女の子だ。

「はー、メシメシ。気分変えようぜ」

「そうだね」

大学生たちは、慣れた様子で席につく。やはり女子も、しかもあんなに若い子たちもランチする店なのだ。どんなもんだ参ったか。

――と、思いきや。唐突に、異変が起こった。それまで黙っていた学生の一人が泣き出した。ロングスカートにニットのセーターというファッションも、メイクも雰囲気もおとなしそうな子だ。

「元気だしなよ、奈月《なつき》」

そんな彼女を、別の学生が慰める。泣き出した子とは対照的に、とても明るい雰囲気の子だ。モテ系とか大学デビューといった浮ついたものではなく、芯からの健康さが溢れている。きっと中学高校と体育会系の部活に入り、真面目に取り組んだのだろう。着ている服も、カーゴパンツ系に迷彩柄のジャケットとてもボーイッシュだ。

「そうだよ」

もう一人の学生も、頷く。物静かな口調の一方で、服の主張が強い。ゴスロリと表現するほど強烈ではないにせよ、ひらひらとしたフリルを沢山使った服に、靴下にはリボンである。何となくでできあがるコーディネートではない。きっと彼女の中には強い「自分」があり、その「自分」から放たれた「そうだよ」という言葉には、確かな重みがあるはずだ。

「うん、うん」

泣いている女の子は、ただ頷く。

『いずこ、あれは——』

マルコが、餃子に近づきながら心配そうに言う。

『でしょうねえ』

マルコを撃退しつつ、いずこは答えた。十中八九、男関連だ。雰囲気からして間違いない。結構なことがあったのだろう。

「なんだか、可哀想です。相談に乗ってあげるべきでは」

マルコが言ってくるが、いずこは賛同できない。赤の他人のお節介はかえって迷惑だ。

『友達もいるし大丈夫でしょ。わたしたちが口を挟むようなことじゃない——』

「でね、その時に言われたの。『最近、食べすぎじゃない？』て」

「それはひどい」

いずこはお節介にも口を挟んでしまった。


「元々、わたしみたいな地味な田舎の子がつまらなかったんだと思います」

大人しい女の子——奈月は、いずこの向かいでぽつりぽつりと話し始めた。沈みがちで、彼女が内心でどれだけ悩んでいるかよく分かる。

「自分を卑下しちゃだめって言ってるじゃん。悪いのはあの野郎なんだからさ」

いずこの隣から、対照的な反応が繰り出される。明るい女の子、飛鳥《あすか》によるものである。イメージ通り、活力に溢れた話しぶりだ。

「飛鳥、割り込まないの。お姉さんに話が伝わんないよ」

奈月の隣に座った物静かな女の子が、飛鳥をたしなめた。彼女の名前は祐佳《ゆうか》。言葉は端的だが、そこには有無を言わせない鋭さがある。飛鳥もむむと呻いて黙り込む。

——隣で「一人で」天津飯セットを食べていた女の人が反応してくるものだから、初めのうち三人は驚いた様子を見せた。

不気味がられたかと思いきや、飛鳥が目を見開きデカい声で「ですよねー！」と叫び、晴れていずこは七、八年ぶりくらいに大学生の恋愛相談みたいな空間に加わることとなったのだった。

『場所を変えなくてよいのですか？　マルコは知っています。京都においては、長居をしていると家の主《あるじ》にリゾットを投げつけられるのです』

マルコが心配そうに聞いてくる。

『あんたの書いた本って実は与太話《よたばなし》満載だったりするの？　ちょっと静かにしてて』

いずこはマルコを黙らせると、奈月に向き直った。

「その男との、そもそものなれそめは？」

基本的なところから聞き取りをしてみる。とりあえず、祐佳の言う通り分からないところだらけなのは事実だ。

「わたし一回生で、地方から出てきたんですけど」

ゆっくり、奈月が話し始める。喋ることがないというのではなく、自分の中に沢山言葉があって、それを相手に伝わるよう整理するのに時間がかかるのだろう。

「飛鳥や祐佳は同じ学科で仲良くしてくれてたんですけど、やっぱり知り合いとか友達とか少なくて。そんな時、『新しい友達を作ろう』っていう感じのイベントがあって、それに参加したんです。で、そこでユキヒコさんと出会ったんです」

「――あー、なるほど」

もうその流れだけで、いずこは色々と察してしまった。典型的な、地方からやってきた純朴な女の子が「いただきます」されてしまった事例である。「友達を作ろう」とか「学生ライフを満喫しよう」みたいな、何をするんだか具体的に言っていない売り文句のイベントは、基本「そういう」ものだと考えてかかる必要がある。

「だから、行くの反対だったんだ」

飛鳥が、無念そうに言った。祐佳も頷く。二人とも、イベントの企図については察しがついていたようだ。

「でも、『ともつくKINUGASA』はいい人ばっかりだよ。おとなしい子がいたら、みんな積極的に話しかけてくれるし、飲み会にも連れて行ってくれるし」

「ふんふん」

いずこは相槌を打ちながら思う。ああ、素直で純朴な子だ。その時に品定めされていたなんていうことは、思いもよらないのだろう。二人が彼女のことを懸命に守ろうとするのも分かる。いずこだって、早くもそんな気持ちになり始めている。こんないい子が不幸になるなんて、世の中おかしいだろう。

「でも、少なくとも、ユキヒコサンとかいうのはいい人なんかじゃない。それは奈月も身に染みて分かったでしょ」

祐佳が言う。声色はほとんど変わらないが、そこに込められているものはまったく別のものに変化している。

「むしろ、ひどい人。二股かけてたんだから」

圧倒的なほどの、敵意。

「ほう」

いずこの声も、低くなる。

「二股ね」

『い、いずこ？　どうしました？　なんだかとても怖いのですが』

マルコが、怯《おび》えるような声を出す。どうもこうもない。最上級の地雷ワードが、飛び出してきただけのことだ。

「それは、わたしが悪いの。わたしが、つまんない子だから」

奈月が、再び俯《うつむ》いた。飛鳥や祐佳が止めようとするが、いずこはそれを目で制する。

「大丈夫、そんなことないから。あなたにはあなたのいいところがあるのよ」

奈月が、はっと顔を上げる。押しつけがましくならないよう、優しい微笑みを向ける。

「そのいいところの一つ一つは普通だったり、他の人とあまり変わらなかったりするけど、その積み重ねで作られる『奈月ちゃん』っていう存在は、この世に一人しかいない」

内容は、マルコの言っていたことそのままだ。さっきの今であり、受け売りどころか転売というかデイトレードというかそんな感じだが、恥ずかしくはない。――とても素敵な言葉だと、思うからだ。

飛鳥も祐佳も、それぞれに感心した様子を見せる。奈月はというと、早くもうるうるしてしまっている。優しくしてあげたいところだが、ここは一度心を鬼にしなくてはいけない。

「あんまりにもうじうじしてばかりいたら、嫌われてしまうかもしれないわよ」

厳しい現実である。「女の子は際限なく馴《な》れ合う」みたいなことを男連中はよく言うが、限度というものを設定している人は少なくない。しっかり共感はするが、規定量以上のネガティブを好き勝手に流し込んで来る相手はお断りするのである。

「お友達は二人ともそういうことを言わないけど、みんながみんな二人ほど優しくはないから。『この子は、うじうじしてる構ってちゃんだ』みたいに思われたら大変でしょう」

「でも、奈月は悪くないんですよ」

早速、飛鳥が反論してくる。こちらはまあ予測済みだったが、

「そういうこと言うのがいたら、悪いのはそいつの方」

冷静に考えるかと思った祐佳も態度を硬化させた。奈月ちゃん、随分と人望があるものだ。

「ううん、ごめん。わたし、間違っていた」

奈月は、真剣な眼差《まなざ》しでいずこを見てくる。なるほど、という感じだ。パフォーマンスではない、ひたむきさがある。だからこそ、好かれるのだろう。

一方で、新たな疑問も浮かんでくる。こんなにいい子を泣かせるとは、相手のユキヒコさんとかいうやつは何者なのだろう。

「ユキヒコさんのこと、聞かせてくれる?」

訊ねてみると、奈月はぽつりぽつり話し始めた。

「ユキヒコさんは、初めは沢山メッセージもくれて、通話もかけてきてくれたんです。でも、いつからか段々連絡が取れなくなって」

——何者なのだろうと思ったら、とんだ食わせ者だった。

「バイトが忙しいって言ってたから、そうなのかなあと思ってたんです。で、ある日近くまで行ったから連絡して部屋に寄ったら、女の子が出てくるのが見えて。わたしびっくりしたんですけど、単に家飲みしてただけだからって言われて。その時は疑わなくて、そうだったんだ、って思ったんですけど」

「いやあ、それは」

クソ野郎じゃん、という言葉が喉元まで出掛かる。相手が純粋で人を信じるのをいいことに、好き勝手する。ひどい相手だ。

「それから、もっと連絡取りづらくなって。理由を聞いたら最近体調が悪いって言うから、心配になってビデオ通話をかけたんです。そうしたら、一瞬知らない女の子の部屋がうつってすぐ切れて、でも男友達の家だよって言ってきて、体調が悪いって言ってるのにかけてくるなってすごく怒られて」

奈月が、話を続ける。時折声が揺れるのは、内心のつらさを反映してのことだろう。

「わたしも、つい感情的になって言い返しちゃったんです。そうしたら、そんなに罵《のの》られるなんて思わなかったって。好きで居続けられるかどうか、分からなくなったって言われて」

「ははあ」

ひどい、どころではない。嘘がバレたら、今度は相手を責める。自分が相手を騙《だま》したことから問題をすり替え、相手の良心や罪悪感につけ込み、いつの間にか判断する立場を確保する。最低だ。

「こういうことになったから、奈月に『普段どんな話してたの？』って聞いたんです。そしたら、会話の内容がひどくって」

悔しそうに、飛鳥が言う。

「さっきみたいな感じで、いちいちマウントとって否定されてて。奈月、真面目だから一つ一つ聞いて直そうとしてるんだけど、それって違うんじゃないかって——」

話の途中で、飛鳥はいずこの顔を見て狼狽《うろた》える。

「あ、あの。なんか、超怖いんですけど」

見ると、奈月は勿論祐佳まで戸惑った様子である。悪いことをした。彼女たちを怖がらせるつもりはなかった。

「なんというか、ねえ」

ぐつぐつと、怒りが煮えたぎっているのだ。いずこの元彼と、色々と似ている。悪いことをしているのはどう考えても自分の方なのに、相手に責任転嫁する感じ。嘘に嘘を重ねて、平然としている態度。相手の気持ちなんて、はなから考えていない姿勢。それでいて、大方自分はモテると思い上がっているのだろう。正真正銘のクソ野郎だ。

「そいつのSNSのアカウントとかある？　できれば裏」

そういう男に、一泡吹かせるやり方がある。実のところ、いずこには勇気がなくてできなかったことだ。しかし、その苦い経験を生かして奈月の力になるのである。

「あります。『裏ゆっきー』とかいうアカウント」

口を開いたのは、祐佳だった。奈月と飛鳥が、それぞれのやり方で驚きを露《あら》わにする。

「そいつの友達のアカウントとかから繋がって、潜り込んだ。元々フォロワーとか友達の数とか増やせるだけ増やしたい人たちだし、目立ちたくてあれこれ書くから個人情報ダダ漏れだし、割と簡単だった」

そこまで言ってから、祐佳が目を伏せる。

「黙っててごめん。──奈月には、見せたくなかったから」

その一言で、祐佳が裏アカウントについて伏せていた理由が分かった。奈月や飛鳥も同じだったのだろう。重い沈黙が、テーブルに垂れ込める。

「ありがとう。でも、大丈夫だから」

それを破ったのは、なんと奈月だった。

「わたし、大丈夫だから。話してくれて、いいよ」

その目には、真っ直ぐな光が宿っていた。

『いずこの言葉が、届いたのでしょうね』

マルコが言ってきた。

『だったら、嬉しいわね』

向こうからしたら、見ず知らずのよく分からない女である。立場が逆だったら逃げ出すかもしれない。

「分かった。奈月がそう言うなら」

頷くと、祐佳はスマートフォンを取り出した。ケースには、ポップなデザインのドクロがあしらわれている。

しばらく操作して、片頬を不快そうに歪《ゆが》める。元々端正な面立ちなので、なおのこと強烈な印象が生まれる。

「『今日は土下座で待ち合わせ!』とか、ばっちり決めた髪型つきでアップしてる。相手は女ですね。自己顕示欲ですかね」

祐佳の見方は間違っていないが、それだけではない。彼の属している集団において、そういうアピールは必要不可欠なのだ。序列に関わるのである。

俺はこんなに予定が入ってるんだぞ、男友達も女友達も多いんだぞとひけらかさないとどんどん「階級」が下がっていくのだ。社会人になると勤めている会社やら関わっている仕事やらアピールポイントは増えるが、根本の部分は変わらない。泳ぎ続けないと死ぬ魚のように、キラキラした生活を延々と押しつけ合い続けるのだ。

「待ち合わせに、間に合う？」

そして――『それ』こそが弱点なのである。

「はい。まだ余裕があります」

祐佳が、スマートフォンから顔を上げた。

「乗り込むんですか？」

飛鳥の目が輝く。

「まあ、そんなところかな」

いずこはそう答えた。

「奈月ちゃん、大丈夫？」

そして、奈月に確認を取る。これは、単純に「はい」か「いいえ」を訊ねているのではない。態度を見るのだ。最終的には奈月が頑張らなくてはいけない。奈月の態度次第では、今考えているやり方は取り下げる他ない。

「大丈夫です」

奈月は、真っ直ぐな目をしてそう答えてきた。彼氏が裏アカウントで、他の女と会う約束をしている。心が千々《ちぢ》に乱れておかしくない場面だ。しかし、彼女は冷静だった。

「うん」

いずこは頷いた。奈月は思ったよりも、ずっと強い子だ。多分――いずこよりも。

「おし、そうとなったら食うぞ！」

飛鳥が、目の前の中華そばセット（ラーメンとチャーハンが一対一でやってくる、あの炭水化物の極みみたいなメニューだ）へと挑みかかり、

「ちょっとのびてる！」

哀しそうな顔をした。

「喋りながら食べなよ」

しれっとそう言う祐佳は、既に八宝菜《はっぽうさい》とネギ塩タンハート焼を平らげていた。後者はこの店のオリジナルメニューのようだ。美味しそうだったので、一つ分けてもらったらよかったかななんてことを考える。

「あれ？」

すると祐佳が、きょとんとした顔をした。

「いずこさんも、食べ終わってたんですね」

目を落とすと、いつの間にやらいずこの天津飯セットは影も形もなくなっていた。皿を持って三人のテーブルに邪魔したわけだが、その時には勿論まだ天津飯も餃子も残っていたのだが。

「そうだったかな」

あはは、と笑いながらマルコを探す。マルコは、調味料の瓶の陰に隠れてこちらの様子を窺《うかが》っていた。

「あの？」

マルコを睨みつけていると、奈月も不思議そうに聞いてくる。まあ、突然餃子のたれやらラー油やらに険しい視線を向けたらなにがなんやらという感じなのだろう。

「ああ、ううん。なんでもない」

適当に誤魔化す言葉を探す。

「ええと、そういえば——土下座ってなに？」

咄嗟《とっさ》に、いずこはそんなことを口にした。実際のところ、話の中で出てきた時にぴんと来なかった単語だ。若者言葉か何かなのだろうか。

「土下座は土下座っすよ！」

すると、中華そばセットをかっ込んでいた飛鳥がそう答えてきた。


結論から言うと、確かに飛鳥の言葉通りだった。土下座とは、土下座している侍のおじさんの像——高山彦九郎《たかやまひこくろう》皇居望拝之像の通称なのである。

おじさんの顔は厳《いか》つく、真一文字に結んだ唇に真剣な表情と土下座という姿勢のミスマッチがなんとも可笑《おか》しい。なんやかんやと真面目な謂《い》われがあるようだが、このインパクトもあってか今や待ち合わせ場所として定着してしまっているらしかった。

『大丈夫なのですか、いずこ』

マルコが、心配そうに聞いてくる。

『分かんない』

いずこは正直に答えた。

――待ち合わせ場所に乗り込もうと提案したのは、どこまでいっても元彼への怒りを呼び起こされた勢いゆえのものだった。結構歩いたこともあり、土下座に到着した頃にはすっかり頭が冷えてしまっていた。正直なところ、まったく自信がない。見ず知らずの大学生相手に、はったりをかませるのだろうか。

「いやあ、わくわくするね」

飛鳥が好戦的に眼をギラギラさせれば、

「準備は万端」

祐佳がスマートフォン片手に頷いた。二人のように何か言うわけではないが、奈月もまた覚悟を決めた表情をしている。いよいよ引っ込みがつかない。

いずこたちは、土下座像から道路を挟んで反対側にいた。ユキヒコさんとやらが来たら、すぐに分かる位置である。向こうから見ても分かるかもしれないので、面識のある奈月は死角に隠すようにしている。

『ここは、わたしが一肌脱ぎましょうか』

マルコが申し出てくる。

『こう見えても、わたしは世界を旅してきました。荒くれ者や賊との交渉や取引の経験も豊富です。元の姿に戻って、相手と話しましょうか』

相手は所詮現代日本の大学生であり、もしマルコの言う通りなら簡単に押し切れそうだ。どうしよう、任せた方がいいかもしれない――

「――あっ」

奈月が、息を呑《の》んだ。

「来ま、した」

奈月の視線の先を追う。そこにいるのは、いかにもチャラい感じの大学生だった。いずこが現役学生の頃の「チャラさ」とはファッションその他諸々が異なっているが、根本の部分、漂わせている空気が同じだ。「流行《はや》り」と「お洒落」で固めた外見。周囲を見ては自分の「ランク」を確認する態度。

いずこは気圧《けお》される。ああいう手合いと、対等に渡り合うなんて無理ではないか。こちらの方が年上なのに、言い負かされてしまいそうな気がする。

『あまり時間はないと思います。わたしが行くならば、そろそろでは』

マルコが言ってくる。ここで、いきなり外国人旅行者が登場するのは色々奇妙である。でも、マルコの口ぶりならどうにか丸く収めてくれるかもしれない。

「待ち合わせには、まだかなり早いよね」

祐佳が、スマートフォンを操作しながら首を傾げた。

「奈月、よく遅刻されてなかった？　いつだったか、たまたま出くわした時も待たされてたじゃん」

飛鳥が訊ねる。

「――ああ、うん。どうだったかな」

奈月が曖昧に笑う。その表情が、いずこの胸を激しく衝《つ》いた。この期に及んで、彼を庇《かば》おうとしているのか。あるいは、また自分を責めているのか。

もしここでいずこが何もしなければ、今日の経験は彼女にとって傷となるだろう。傷は表面的には癒えても消えることはなく、ことあるごとに血を流し、彼女の無垢《むく》な心に消えない斑模様《まだらもよう》を残すだろう。

「――やるしか、ないわね」

いずこは腹を括《くく》った。自分の憤懣を晴らすためではなく、目の前にいる一人の可哀想な女の子を救うために。――自分と同じ轍《てつ》を、踏ませないために。

「頑張って下さい！」

「応援してます」

飛鳥たちの声援を背に受けながら、いずこは歩き出す。

『いい顔をしていますよ、いずこ』

道路を渡っていると、マルコが言ってきた。

『旅は人を変えます。いずこも、今までにない境地に到達したのでは』

確かになんだか別人のようである。冴《さ》えない会社員の自分が、誰かを救おうとしているのだ。まったくもって劇的な変化である。

『でも旅行って、こういうものじゃなくない？　普通現地でおいしいご飯食べてああよかった、楽しかったで終わっていいじゃない。色々やりすぎじゃない？』

『マルコは知っています。蛇の絵を描く時、足を描き足せば更に絵の趣が深まるのです』

『意味が逆よ』

わいわい言い合っている間に、土下座像前まで来てしまった。もう後には引けない。

「あの、ちょっといい？」

意を決すると、いずこはユキヒコに話しかけた。

「なんですか？」

ユキヒコは、ちょっとキメ顔を返してくる。まさか、年上女性から遊びに誘われたとでも思っているのだろうか。いい度胸である。

「あなた、東郷《とうごう》奈月って名前に覚えある？　わ、わ、わたしの妹なんだけど」

ユキヒコの表情に、動揺が走った。元彼だと多分顔色一つ変えないだろうから、そういう意味では与《くみ》しやすい相手だと言えるだろう。

「当然あるわよね。話したいことがあるんだけど」

「いや、今はちょっと困るんですけど」

苦笑いを浮かべ、ユキヒコが言う。一見上手く対処しているようだが、全然ダメだ。

もし元彼なら、相手をストーカーなりマルチ商法の勧誘なりと決めつけて一方的にまくし立てつつ、さっさと逃げ出すだろう。それができない時点で、クズ野郎として三流である。しかしクズ野郎とは大変だ。一流なら邪悪だし、三流なら無様なのだから。

「人と会う予定あるし、勘弁してくださいよ」

一見、ユキヒコは無様ではないかのようである。しかし、それも今のうちだ。

「少し聞きたいことがあるだけ。ほんとちょっとしたことだから」

ははは、と親しげに笑ってみせる。いずこは周囲の注目を集めないよう、知り合い同士の立ち話であるかのように振る舞う。

「なんですか」

ユキヒコは、話を聞く姿勢を見せた。完全に、こちらの術中にはまったのだ。

いずこは、社会人生活で身につけたスキルの一つをフル稼動させた。すなわち「雑談」である。昼休みで、花金で、接待で、打ち上げで。興味もない話題に耳を傾け、したいわけでもない会話に加わり続けたことで培われた、「話をだらだら続ける」力だ。

勿論ユキヒコも、その手の能力は普通の学生よりよほど高いだろう。しかし、所詮同じ学生とのやり取りがメインで、後はせいぜい学生時代が忘れられないOBの相手やバイト先の人間関係が限界なはずだ。上は前世紀が全盛期だった人たちから、下は自分たちとは違う「世代」に括られるような人たちまで、無理矢理話して鍛えてきたいずこの敵ではない。企業戦士を舐《な》めるな、という話なのである。

現在、過去、未来を自由に行き来しながら話を脱線させる。ユキヒコがしたい話、気分が良くなるポイントを見つけ出し、巧妙にそこを突く。かくして、ユキヒコはすっかりいずこのペースに乗った。乗って、しまった。

「――あっ」

高校時代の模試の成績について嬉々《きき》として喋っていたユキヒコが、はっとした様子でスマートフォンを取り出す。

「ちょっと、すいません。本当に時間が――」

「あのー？」

そこで、いきなりいずこたちは声をかけられた。

大学生らしき、女子だ。キラッキラの笑顔を浮かべている。メイクも流行り、服装も持ち物も最先端。正直なところ、奈月より遙かにユキヒコと「お似合い」な感じだ。

自分もスマートフォンでちらりと時間を確認すると、待ち合わせよりも早い。彼女にとっても、ユキヒコは「待ち合わせに遅刻していい相手」ではなかったのだろう。

「ユキヒコくん、ええと」

笑顔のまま、女子がいずことユキヒコを見比べる。ユキヒコがあからさまに狼狽え、目を逸《そ》らした。

「妹の彼氏と話をしてるの。ちょっと、引っ込んでてくれない？」

この上ないタイミングで、いずこは爆弾を叩《たた》き込んだ。

「は？」

女子の声が、急転直下で氷結する。流行りのメイクとキラキラスマイルの下に隠れていた厳しく激しい性根が、雷鳴の如《ごと》く表情に閃《ひらめ》く。

「ユキヒコくん、どういうこと?」

お決まりの、しかし現実では滅多に耳にすることがない台詞が、彼女の口から飛び出した。

その効果は、覿面《てきめん》だった。周囲の注目が、一気に集中したのである。

誰も彼も、目が好奇心に光っている。うわー、修羅場だという感じである。

「あ、いや」

ユキヒコは、何一つ答えられなかった。目を白黒させるばかりで、取り繕うことさえできなかった。

「帰るね」

それを見て大方察した女子は、ユキヒコに背を向けて歩き去った。これ以上彼と関わっても、無益だと判断したのだろう。凄腕《すごうで》投資家の如き、見事な損切りだった。

「あ、あ」

ユキヒコが、呆然とする。ついに、彼は無様な姿を晒《さら》していた。彼の全身は、「イケてる大学生」の要素で構成されていた。逆に言うと、ひとたびその要素を失えばもう何も残らないのだ。

「少しは分かった? 相手に背中を向けられて、話を聞いてもらえない人間のつらさを」

そこに、いずこは容赦なく言葉で蹴りを入れる。

「だって、だって仕方ないだろう」

ユキヒコが口を開いた。

「なんか暗いし、束縛してくるし。話も合わないところが多くて、一緒にいても楽しくなくなってきて。――でも、俺も頑張ったんだ。好きでいようと努力した。でも、あいつは俺にひどいことを言ってきたり、決めつけてきたりして。それが引っかかってて」

ユキヒコが、被害者ぶる。すべての責任を、相手に被せる。

『くだらない男ですね』

いずこの肩に乗ったマルコが、鼻を鳴らす。まったく同感である。ユキヒコはこれまでずっと、こうやってきたのだろう。自分の悪いところは全て隠し、「相手のせいで上手くいかなかった」という説明を次の相手にし、渡り歩いてきたのだろう。――だが、それも終わりだ。

「ユキヒコさん。話があります」

相手に、真っ向から責任転嫁を拒否させる。自分勝手な恋愛遍歴は、ここまでである。

「お前、なんで」

現れた奈月をお前呼びするなり、ユキヒコが絶句する。

「わたし、ユキヒコさんが好きでした」

話し始めた奈月の瞳。

「ユキヒコさんにも、わたしを好きになってもらいたかったです。わたしと一緒にいる時が楽しいって、思ってほしかったです」

そこに込められた強い力に、圧倒されたのだろう。

「だから、二股、された時も。わたしが魅力がないのが悪いんだと思ったり、きっと最後には戻ってくれるって信じようとしたり。

――でも、そうじゃないんです。やっぱり、つらいんです。みんなに話を聞いてもらって、分かりました。これは我慢していいことじゃないんです。わたしはユキヒコさんに抗議していいし、それでもやめてくれないなら――わたしの方からあなたを捨てて、いいんです」

初めユキヒコは呆然とし、次に怒りを露わにした。この流れからして、彼が女性一般をどう見ているかは明らかだった。一緒に幸せになる相手ではない。一方的にいい気分になるための道具なのだ。だから、思い通りに「機能」しないと怒るのである。

「このっ――」

ユキヒコが奈月に詰め寄ろうとする。

「やめろよ」

その前に、飛鳥が立ち塞がった。

「どけよっ」

ユキヒコが、飛鳥を押しのけようとする。飛鳥はその力を受け流し、ユキヒコの足を払った。ユキヒコは、簡単にひっくり返ってしまう。

『マルコは知っています。これぞ日本の誇る格闘技、バリツです！』

『よく分からないけど、それ多分色々間違ってるわよ』

「はい、一部始終を録画完了」

マルコの知識に突っ込みを入れていると、祐佳が現れた。手にはスマートフォンを構えていて、カメラはユキヒコに向けられている。

「裏ゆっきーさんに、この動画リプライしてあげようか」

裏アカウントの名前を出され、ユキヒコは青ざめた。

「公衆の面前で女の子に摑みかかろうとしたら転ばされて。すごい動画になっちゃったね」

ユキヒコは、目を見開いて辺りを見回す。周囲には――人だかりができていた。

ここはデートで有名な鴨川《かもがわ》と、三条通《さんじようどおり》という大きな通りが交わるところで、電車や地下鉄の駅もあるらしい。だからこそ待ち合わせ場所になるわけで、人通りも多いのだ。そんなところで大立ち回りをやらかしたら、こうなって当たり前なのである。

「やめて、くれ」

ユキヒコが、絞り出すような声で許しを乞うた。

「それだけは」

実に惨めだが、彼に他の選択肢はない。動画がアップされれば、彼の集団内での面子《メンツ》は丸つぶれだ。自分のことばかり考えている彼にとって、自分の立場が失われることは最も恐ろしいことだろう。それを避けるためには、何でもするに違いない。

「土下座なさい。それで動画については許してあげるわ」

ユキヒコに、いずこは冷たく申し渡した。先ほどの態度からして、情けは無用だ。

「――はい」

悔しさで顔を紅潮させながら、ユキヒコは土下座した。その場に膝と両手を突き、そのまま額を地面へとこすりつける。

――かしゃり、と。撮影音が、祐佳のスマートフォンから響いた。

「『土下座像の前で土下座するゆっきー』、と。はい、投稿完了」

続いて、祐佳がそう言い渡す。

「お、おい。なんだよそれ。しないって言っただろ」

ユキヒコが、顔を上げた。

「動画については許すと言ったけど、画像を貼らないとは言ってない」

いずこはそう言い放つと、祐佳のスマートフォンの画面を見せてもらう。

『えっ、なにこれ』

『土下座前で土下座ってなんのネタ?』

土下座像の前での土下座画像には、次々に新たなリプライがぶら下がっていた。バイブレーションで通知が来たのか、ユキヒコは地面に跪いたままスマートフォンを取り出す。

「あ、あ」

そして、目をこれ以上ないほど見開く。絶望に満ちた、表情。

『ウケる。新キャラ確立だな』

新たなリプライが付いた。この「ウケる」「新キャラ」は、決して面白いということを意味していない。ユキヒコが属する集団には、嗤《わら》われることでかろうじて存在を許されるピエロのような階級《カースト》の人間がいるものだ。「ウケる」というのは、ユキヒコがそこに落ちていく路線が確定したという通告なのである。彼らは面白さを重視するが、「いじられキャラ」の面白さは一段下に置く。お前のことを面白がってやってる、という態度で接するのだ。

「さて、行くわよ」

いずこはユキヒコに背を向けた。これから先、彼が嘘をつく対象は自分自身になる。無様なピエロが自分のあるべき姿だと、自分を騙すのだ。集団から逃れて新しい世界を探すだけの気概を持っていればまた話は違ってくるかもしれないが、まあ無理だろう。

飛鳥も祐佳も、奈月もいずこについてくる。しかし、途中で奈月は振り返った。彼女の優しさと、おそらくはまだ消えぬユキヒコへの未練が、彼女の足を止めたのだろう。

「奈月ちゃん。もう、いいのよ」

声を掛けると、奈月ははっといずこの顔を見てくる。叱られたような表情だ。

「いいのよ、次へ踏み出して。もう囚われる必要はないの」

そんな奈月に、いずこはそっと微笑みかける。

「つらい思いをしたのも、傷ついたことも、全部無駄じゃない。今度は、誠実さに誠実さで応えてくれる人とつき合えばいいの。嘘をつかれているんじゃないかって心配しなくていい人と、一緒にいればいいのよ」

奈月は口に両手を当てた。その瞳から、ぽろぽろと綺麗な涙がこぼれ落ちる。

「――はい」

奈月は、頷いた。

「すごいっす。いずこさん、すごいです」

飛鳥が言い、祐佳も頷く。

「傾向と対策、よ」

そう言って、いずこは苦笑した。

「あれと似た男を知ってて、それで――ね」


まずいずこたちは、近くのカラオケへ行った。あまりカラオケに行かないという三名に色々教えたりしながら――今の若い世代はカラオケは必須科目ではないらしい――フリータイムが終わるまで歌いまくった。一番歌が上手いのが奈月で、雰囲気とは正反対のパワー溢れる歌声で洋邦や時代を問わずロックを歌いまくった。

「『そういう音楽興味ない』とか言われて最近聴いてなかったんですけど、やっぱり好きですね」

そう言って、奈月はえへへと恥ずかしそうに笑った。

次に飲んだ。土下座像から鴨川を挟んだ反対側は、木屋町《きやまち》という飲み屋街だったのだ。しばらく歩いて適当に入った店はさほど混んでおらず、なにかのイベントの打ち上げらしい集団がいるくらいだった。そこで、いずこたちは閉店時間までたらふく酒を飲み揚げ物を中心に食べまくった。

しかもそれでは飽き足らず、ホテルの近くにあったラーメン店へ行った。「箸が立つ」と言われるほどにこってりしたスープで知られるチェーンの店で、やはり京都発祥なのだそうだ。ここで奈月の胃袋が限界を迎えたので、いずこは彼女の分まで食べた。

ラーメン店を出ると、そこまでつき合ってくれた三人をタクシーに乗せて送り、自分はホテルにチェックインし、ベッドにばったり転がった。怒濤《どとう》の如き京都旅行が、終わった。


「出費が激しかった」

まず出た感想は、それだった。社会人の務めとして、若者には奢《おご》る必要があった。カラオケ代、飲み代、ラーメン代、そしてタクシー代。当分、節約生活が必要だろう。

『美味しいものばかりで、お腹が破裂しそうです』

いずこの脇でひっくり返った三頭身マルコは、お腹がぱんぱんに膨らんでいる。昭和の漫画の表現技法みたいである。

『しっかし、京都らしくない一日だったなあ』

中華料理に始まり、学生の恋愛相談を受け、クズ野郎を倒し、カラオケに行って飲んでラーメンを食った。京都感などまったくない。

窓から外を見る。いずこが取った部屋はたまたま角部屋で、窓からは外の様子が見えた。別に寺社仏閣で溢れているわけでもなく、普通の街並みである。場所で言うと祇園《ぎおん》の傍らしいのだが、花街《はなまち》感もない。

『そういうものなのですよ。物事のイメージとは、一部を反映したものに過ぎません。何事にも、色々な側面があります。そのことに気づけたのであれば、とてもいい旅だったのではないでしょうか』

ひっくり返ったまま、マルコが言う。

『勿論、いずこ自身も同じです。自分を、枠に嵌《は》めなくていいのですよ』

『なるほどね』

京都だからといって、歴史と伝統があってはんなりしていて料亭で高級なご飯を食べているばかりではない。学生が歴史も伝統もない悲喜こもごもの日常を送っていれば、中華料理やラーメンのお店が沢山あったりする。

同じように、いずこだからといってへっぽこなばかりでもない。可哀想な女の子を助けて、感謝されて、一緒に遊んでから友達になったりしてもいいのだ。

「――ありがと」

念じずに、小声で呟く。

『おや、なにか言いましたか？』

聞こえなかったらしいマルコが、不思議そうに訊ねてきた。

「なんでもないわよ。──さて、お風呂入って寝るかあ」

ベッドから起き上がり、ふといずこは思い出す。

「あ、そだ。バッテリー充電しとかないと」

飲んでいる時だったか、スマートフォンの充電が少なくなっていることに気づき、モバイルバッテリーで充電した。一度で全部なくなってしまうわけではないが、こういう時にしっかり充電しておかないといざという時に困ったことになってしまう。

「──ん？」

リュックを漁《あさ》るが、見つからない。前のポケット、横のポケットも探し、ついには中身を全部出して辺りに散らかしたが、やはりない。

「嘘、ほんとに──？」

財布やスマートフォンをなくしたわけではない。しかし割と高価なものを奮発して買ったので、なくしたとなると精神的な打撃が小さくない。

その時、ぶるぶるとスマートフォンが震えた。

『いずこさん！』

それは、奈月からのメッセージだった。一緒に遊び回ってる最中に、みんなでメッセージアプリの連絡先を交換したのだ。

『これ、いずこさんのですか?』

画像が送られてくる。タクシーの車内で撮られたと思しきもので、奈月の膝の上に長方形の黒いものが乗っている。間違いなく、いずこのモバイルバッテリーである。

『わたしのだ、どうして?』

『わたしの鞄に入ってました!』

一瞬言葉を失う。なぜそんなことになってしまっているのか。奈月が間違えるわけもないし、いずこがなにかしてしまったとしか思えない。しかし思い出せない。

『ちょっと、飲み過ぎたかな。あはは』

スタンプを貼ったりして内心の動揺を誤魔化そうとしてみる。上手くいっているかどうかは自信がない。

『預かっておきます?』

奈月が聞いてくる。

『あー、ほんとごめんだけど住所教えるから着払いで送ってもらってもいいかな』

書いていて、なんとも恥ずかしい。いい大人が、一体何をやっているのやら。

『分かりました!』

奈月は素直に返事をし、可愛い猫が敬礼しているスタンプを貼ってきた。本当にいい子である。

『あ！』

続けて、奈月が話し始めた。ところで奈月のメッセージだが、妙に感嘆符が目立つ。普段からそういう文体なのか、あるいはあれやこれやでテンションが上がっているのか。

『祐佳ちゃんが撮った写真、貼りますね！』

続けて、別の画像が送られてきた。それは、いずこたち四人の集合写真である。居酒屋を出た時に撮ったものだ。木屋町に流れる高瀬川《たかせがわ》という細い川が、背後に写っている。一人が手を伸ばし、身を寄せ合って撮った写真。若者の特権のような一枚であり、正直いずこだけ浮いている。どうにも恥ずかしくすぐったくもあるが、これはこれでいいのだろう。旅の恥は、かき捨てなのだ。

『ありがとう』

笑顔になりながらそう返事をしたところ、奈月からまた返事が返ってきた。

『そういえば、いずこさんの肩に何か乗ってません？』

何事か、と画像を拡大してみる。

「――ええっ！」

いずこは目を見開いた。いずこの肩の上で、お腹ぱんぱんのマルコがピースサインを出している。

『どうだろ、わたしには分からないけど』

とりあえず白を切ってから、いずこはベッドの上でひっくり返っているマルコに聞く。

「ちょっと、あんた写真に写るの？　奈月ちゃんにバレたんだけど。聞いてないわよ」

「うーん、むにゃむにゃ」

マルコは、大の字になって眠っていた。

『ちょっと、起きなさいよ。寝てる間にそんな言葉発する人間初めて見たわよ！』

いずこは、マルコを必死で起こそうとする。

『本当に、ありがとうございました。わたし、いずこさんみたいな大人になりたいです！』

なので、奈月から来ていたそんなメッセージにも中々気づかなかったのだった。

第2話　春日井《かすがい》で廃線

大江《おおえ》いずことは何者であるか。会社員である。どのような会社員であるか。時にタチの悪い大学生を撃破する機転を見せることもあるが、基本的にはミスが多いぽんこつな会社員である。普段どのように過ごしているか。ぽんこつさが表に出がちなので、目立たぬよう大人しく過ごしている。

ある日の昼休みのことである。上司の西村《にしむら》が、頼みもしないのに話題を提供してきた。

「そういやさあ、みんな。最近ハマってることある?」

めんどくせえなあ、といずこは内心で思う。

「俺はさ、硬貨集めなんだよな」

聞いてねえよ、と思うが、西村の自分語りが続く。他人に質問する体裁を取っておきながら、彼がしたいのは自分の話なのだ。しかし、硬貨集めと言われても困る。いずこにとって、硬貨とは集めるものではなく使うものだ。

「なるほど。いいですね」

　やや大袈裟《おおげさ》なほどに相槌《あいづち》を打つのは、太鼓持ち的な立場にいる荒石《あらいし》である。

「でさあ、高いのだとオークションにかけられるんだよ。あれだよ、ハンマーでこうやって叩《たた》くヤツ」

「ほほう、そういうのもあるんですね」

「いつか、そういうところに出品されてるのもコレクションしたいね」

「いいですね」

　ただし彼にしても、まともに話を聞いてるわけではない。然《しか》るべきタイミングで、いくつかのフレーズをローテーションしているだけである。

　誰も聞いていない話で、休み時間を消費する。あまりの生産性のなさに、若干虚無的な気持ちにさえなってしまう。とはいえそれを積極的に打破する力もなければ気力もないいずこなので、聞いているふりをすることで消極的に対応する。

「見山《みやま》さんはどう？」

　何の気まぐれか、西村は見山萌遊《もゆ》に話を振った。

「最近ですか。わたしは食べ歩きです」

　仕事の鬼にして、いずこにとっては怖い先輩でもある見山は、真面目に考えて真面目に返す。

「へえ、食べ歩きね」

　それに対して、西村はへえの一言で済ませた。せめて最近何が美味しかったくらい聞けよという感じだが、見山は特に気に留めた様子もない。

まあ、西村という人間は常からこんな風なので、いちいち不満を表明しても仕方ないのは事実だ。特に悪い人間ではないし仕事もできるのだが、とにかくマイペースなのである。

「大江さんは？」

西村のマイペースさは、しばしばこういう事故を起こす。それこそ荒石みたいなお返事マシーンに投げておけば円滑に話が進むのに、なぜよりによっていずこに振ってくるのか。

「わたしは、そうですね」

答えないわけにもいかないので、いずこは考えた。大きく分けて、方向性は二つだ。毒にも薬にもならないものをでっち上げて速やかに話題の中心から逃れるか、あるいは真面目に本当のところを答えるかだ。

今までのいずこなら、一も二もなく前者を選んでいた。こんなしょうもない雑談、どう答えようが大して意味はない。消耗する労力は、最低限に抑えておけばいい。

「旅行ですね」

なのに、いずこは本当のところを口にしてしまった。別に、見山の影響を受けたというわけでもない。何だか、言ってみたくなったのだ。

「へえ、旅行かあ」

西村が食いついてくる。

「どこ行ってきたの？」

へえで済ませてくれよ、と思う間もなく次の質問が飛びだしてきた。やっぱり適当に「海外ドラマですぅ」とか言っておけばよかったか。

「少し前ですけど、京都に行ってきました」

今更誤魔化しても仕方ないので、直球の回答をする。

「いいなあ、京都かあ。清水寺《きよみずでら》とか、金閣寺《きんかくじ》とか？」

「ああ、まあ」

いずこは半笑いで誤魔化した。ここは直球を投げられない。まさか中華料理チェーンの一号店とか土下座しているおじさんの像とか言うわけにもいかない。

「いいなあ、旅行。いいなあ」

西村のテンションが上がり、同僚たちの間に警戒する空気が垂れ込め始めた。言葉に出さないが、気持ちは大体みな同じだ。明らかに西村は旅行に食いつきすぎている。「今度の土日、みんなで旅行に行こう」とか言い出したらどうしようと恐れているに違いない。

この手の思いつきで一番難儀だったのが、謎の会社紹介動画だった。ユーチューバーかなにかに影響を受けた西村が、会社紹介動画を作成してインターネットで公開しようなどと言い出したのだ。

社員が次々に現れては会社の魅力的なところを紹介するというつくりで、いずこも四番目ぐらいに出て五秒ほど「楽しく働いています」などと心にもない話をした（無表情すぎて、我ながらちっとも楽しそうには見えなかった）。結局動画は投稿されたが、飽きてしまった本人を含めて誰も見ていないので、極めて低い再生数のままネットの大海の奥深くに沈んでいる。

「次どこか行く予定ある？」

西村は、またいずこに聞いてきた。他の面々は不安が外れたかとほっとし、いずこは独りで難儀な思いをする。なんでまた、今日はいずこばっかり標的になるのか。

「今のところ、特には」

いずこがそう答えると、西村はふむふむと頷《うなず》いた。

「じゃあさ、土岐《とき》がいいよ土岐が」

そして、そんなことを言ってくる。

「――へ？」

頭の中の日本地図で位置を特定できず、いずこは間抜けな反応を返した。

「ほら、前に大河でちょっと取り上げられたりしたしさ。一度行ってみたらいいんじゃない？」

その間にも、西村はどんどん話を進めていく。

「いや、その」

「うん、絶対いいよ」

満面の笑みで、西村はそう断言してきた。

西村は別に独裁者などではなくただの中間管理職なので、断るなら断ってもよかった。しかし、そのせいで空気が悪くなったり、変に目立ったりするのは嫌だなといずこは思った。思ってしまった。

『やっちゃったかなあ』

そんなわけで、新幹線に乗って土岐市へ向かっているのである。直接新幹線は着かないので、途中で乗り換える必要がある。

まあその大河ドラマも観《み》てはいた。しかし、別にいずこの中で作品にゆかりのある土地を訪れるほどに麒麟《きりん》が来ているわけでもない。わざわざ新幹線から在来線を乗り継いでまでして向かうほどの熱意は持ち合わせていないのだ。

『またいずことジパングを旅することができて、とても嬉《うれ》しく思います』

一方、同行者はお気楽だった。

『おおっ、富士山《ふじさん》ですよいずこ!』

嘘《うそ》か誠か、かのマルコ・ポーロを名乗る青年である。

『何度見ても立派な山ですね。いつかは登ってみたいものです』

マルコは三頭身の人形の如《ごと》き姿に変身し、窓の外を飽きもせずに眺めている。嘘か誠かというより夢か現《うつつ》かといった方が近い感じだ。

『登山道は整備されてるけど、そんな気軽に登れる山じゃないわよ。何だかんだ言って日本一高い山だし』

富士山を見ながら、いずこは言った。京都に行く時も富士山を見た。その時は冬の最中でコート姿だった。しかし今は四月も末のことで、落ち着いた色合いのカットソーに薄手のコートを羽織り、下はジーンズと随分と軽装になっている。同じなのは着替えその他を入れたリュックと、首から下げたコンパス型のネックレスくらいだ。

『大丈夫です』

そういえば、そんなことを言うマルコの格好もずっと同じだ。マルコは初対面の時の中世ヨーロッパ風（というか実際に中世ヨーロッパ人というのであれば、風ではないのだが）の出で立ちをしている。実際に生きている人間ではないので着替えなくてもいいのだろうが、それにしてはご飯は食べるし色々と判然としない。

『これでも、南欧から東アジアまで旅した経験があります。きっと登りきってみせます』

『シルクロードを踏破した人間の感覚で考えないで。こっちは家から駅と駅から会社の往復くらいしか歩かない現代日本人なの』

この会話は、実際に声に出して行《おこな》っているのではなく、心に念じる感じで行っている。マルコが三頭身マルコになると、そういう形でのやり取りが可能になるのだ。

『しかし、旅に出た理由がいただけません』

富士山が見えなくなったところで、マルコはそんなことを言ってきた。

『旅とは自由であるべきもの。誰かに命じられて行くのはいかがなものでしょうか』

『いいのよ。三蔵法師《さんぞうほうし》だってありがたいお経を取ってこいって言われて旅に出たんだから』

マルコのお説教に屁理屈《へりくつ》を返しつつ、しかしいずこは彼の言葉に一理あることを認めざるを得なかった。

――あの京都旅行以降、すっかり旅行好きになったいずこは、次の旅行をどこにしようかとあれこれ考えるようになった。様々な旅日記のブログを巡ってみたり、旅行のパンフレットやガイドを沢山用意し、わくわくしながらページをめくったりした。

元彼とのこともあって毛嫌いしていた旅行は、いざ体験してみるととても素敵なものだった。大体この辺りで有給を取って、あれこれ準備して――そうやって考えるだけでとても楽しかった。ほんの少し思いを巡らせるだけで、非日常を味わえたのだ。

ところがいざ実際に来てみると、上司の勧めとかいう日常の権化みたいなものがのしかかっている。一体これはどういうことか。

いずこはスマートフォンを取り出し、画像SNSを開いた。京都で知り合った大学生の友人たちに誘われたものだ。

奈月《なつき》のアカウントを見てみる。いずこと同じくインドア派な印象の彼女だが、意外や意外ライブに出かけたりフェスに行ったりとアクティブである。

直近の投稿は、フィンランドのヘヴィメタルバンドの大阪公演に行ったらしくそのチケットの写真だった。フィンランドとか、福祉が充実してそうとか寒そうとかオーロラ見えそうくらいなイメージしかないので、ギャップに圧倒されてしまう。

次に、飛鳥《あすか》のアカウントを見てみる。活発な彼女らしく、やたらと更新が多い。内容も散歩している犬からコーヒーショップの新メニューから夕焼け空まで雑多で、なにか面白いと思ったらすぐさま撮ってアップするようだ。

祐佳《ゆうか》はどうだろう。彼女は漫画やアニメから映画に芸術に小説にと様々なカルチャーに幅広く興味があるらしく、それらの画像に文章を添えて上げている。文章はただの感想ではなく考察と呼べそうなほどで、彼女の教養の豊かさが窺えた。少ない口数の向こうには、とても広大な世界があるようだ。

一方いずこのアカウントはというと、始めた時にアップしたコンビニスイーツの写真くらいしかなかった。アイコンは初期設定のまま。やる気がないわけではなく、写真に撮って他人に公開するようなにかがまったくないのだ。

ふと思い立って、妹のアカウントを見てみる。始めたと報告したらフォローされたので、いずこの方からもフォローを返したのだ。

妹はあちこちに出かけていた。素敵なバーやらお洒落《しゃれ》なレストランやら、実に華やかである。かつて一緒に母の作った野菜炒《いた》めを食べていたとは信じがたい。

スマートフォンをスリープにしてポケットにしまうと、小さく溜息《ためいき》をつく。

――みんなそれぞれに、「自分」というものを持っている。翻って、いずこはどうだろう。好きになった旅行さえ、気がつくと他人の意見に左右されている。京都で自分の新しい一面を見つけられた気がしたのに、それはひどく曖昧にぼやけてはっきりと思い出せなくなり始めていた。

画像SNSにアカウントを登録する時、自己紹介という欄があって咄嗟《とっさ》に面倒くさくなったことを思い出す。他者に向かって自分を表現するのが苦手なのだ。単に苦手なのか、それとも表現するだけの自分というものを持っていないのか――

「――はあ、もうやめやめ」

いずこは考え込むことを放棄した。自分とは何か、なんて学生のうちに卒業しておくべき悩みだ。社会人にもなって、まったく恥ずかしいことだ。

そういえば、お腹《なか》が空《す》いてきた。いずこは、リュックを開けて中に手を突っ込む。こういう時のために、前もって手作りお弁当を用意して持ってきていたのだ。

「あれ」

しかし、リュックの中にお弁当がない。しばらくがさごそと漁《あさ》って、いずこは残酷な現実を受け入れた。持ってくるのを、忘れてしまった。

『いずこ、まさか忘れてきたのですか？　前日に用意して冷蔵庫に入れて、そのままだったのですか？』

マルコが、呆《あき》れたように言ってきた。

『うるさいわね。そこまで覚えてるなら出る前に持ったかどうか確認してよ』

いずこは忘れ物が多い人間にありがちな八つ当たりをする。

『マルコは知っています。自分の失敗で自分が災いを被ることを、ジパングでは「自分の体にカビが生えた」という風にたとえます』

『こういう時に体から出るのは錆《さび》よ。勝手に不衛生にしないで。――まあ、忘れたものは仕方ないわよね。着いたら何か現地で美味しいものを食べよっと』

いつまでも後悔していても仕方がない。いずこは気持ちを切り替えることにした。


名古屋駅で降りると、在来線に乗り換えて、しばらく行く。

『お腹空いた』

いずこは早くも限界を迎えていた。

『だから、乗り換えの時に食べれば良かったのです。新幹線のホームに、立ち食いのきしめんなるものがあったではないですか』

『あそこで食べたら、なんか負けな気がしたのよ』

現地まで行って美味しいものを食べたら、弁当を忘れたことは「現地で美味しくご飯を食べるため、お腹を空かせる」工夫として昇華される。しかし、途中で食べてしまっては「ただ弁当を忘れてきた」という形で確定してしまう。それはなんとしても避けたかった。

必死で耐える。そう、空腹は最高のスパイスというではないか。これは試練なのだ。耐え抜けば、お腹いっぱい美味しいものが食べられるはずだ。

スマートフォンを取り出し、「土岐市 グルメ」で検索してみる。てりかつ丼なるものがご当地グルメとして存在するらしい。卵でとじたりはせず、千切りキャベツにとんかつを乗せ、その上にケチャップ味のソースをかけるのだそうだ。実に興味深い。

他には、色々なお菓子も豊富らしい。とっくり最中なるお菓子なんて、本当に美味しそうだ。とっくりの形をした最中で、中にはたっぷり餡子《あんこ》が詰まっているのだそうだ。ああ、食べてみたい。

『次は、勝川《かちがわ》、勝川』

車内アナウンスが流れた。その勝川なる駅から、目的地の土岐市駅までどれくらいなのか。検索してみると、三十分と出た。三十分。まさかの三十分。

『あーもうだめ。一旦降りる。降りてなんか食べる』

いずこの忍耐力は、ついに粉砕されてしまったのだった。

勝川駅の改札は一つで、南口と北口へと分かれる。改札から出てすぐのところにはコンビニ型のキヨスクもあったが、おにぎりやお弁当を買っても食べる場所があるかどうか分からないのでやめておく。

深く考えず、北口を目指す。降りた向かいにはスーパーがあるが、同様の理由でスルーする。

「な、ない」

そして、外に出て愕然《がくぜん》とする。

正面にはロータリーがでんとあり、それを囲むようにして歩道橋があり、歩道橋の更に向こう側に様々な建物が並んでいる。再開発でもされたのか、結構小綺麗《こぎれい》な感じである。

それは大いによいのだが、飲食店の看板が見当たらない。ファーストフードとか、ファミレスとか、そういうものが見つからないのだ。

もしかしたら、建物のいずれかがショッピングモール的なもので、そこにテナントとしてなにかお店が入っているかもしれない。調べてみよう。

『いずこ、見てください』

検索しようとしたところで、リュックのサイドポケットに収まったマルコが話しかけてくる。

『ご飯食べるところあった？』

勢い込んで聞くと、マルコは答えた。

『正面に、サボテンを模した像があります』

前を見ると、なるほどそこには三つのサボテンの像があった。

『どうしました、いずこ。その顔は』

『わたしお腹空いてるって言ったよね？　マルコのおもしろ珍道中に巻き込まないでくれない？』

『マルコは知っています。サボテンは食べられます』

『そうかもしれないけど、あれは明らかに実際のサボテンじゃないでしょ。どう見ても銅像かなんかよ』

ゆるキャラ風味の可愛らしいデザインだが、相当にサイズが大きい。一番右の埴輪《はにわ》と合体したような姿をしたものなど、いずこよりも背が高そうだ。サボテンたちの立つ台座には、「春日井市は実生《みしょう》サボテン生産日本一」と記されている。改めて見ると存在感のあるオブジェだが、空腹のあまり気づいていなかった。

『いずこ、もっと近くに寄ってみましょう』

マルコが、訳の分からない提案をしてくる。

『寄らないわよ。めっちゃ目立つじゃない』

『マルコは知っています。旅の恥はかき捨てなのです』

『このご時世にかいた恥はそう簡単に捨てられないの。サボテン像と戯れてる写真がネットを駆け巡ったらどうしてくれるのよ。そもそも今問題なのは、サボテンの生産量じゃなくてわたしのお腹の空き具合なの』

一応サボテン像を撮影してから(可愛いさ自体は気に入ってしまったのだ)、いずこは歩き出す。

『どこへ行くのですか、いずこ。像はこちらですよ』

『サボテン像からもう離れなさい。少し先にハンバーガー店があるみたいだから、そこに行くわよ』

『やれやれ。だったらあの新幹線のホームできしめんなる食べ物を食べていた方が、遥《はる》かに旅を楽しんだと言えるのではないですか』

『いちいちうるさいわね。あんまりしつこいと、サボテン像の上に置き去りにする――』

「あ、ちょっと凛子《りんこ》！」

突然、少し離れた所からそんな声が聞こえた。次の瞬間、何かがいずこの下半身に激突する。続いて染み込んでくる、べちゃりとしていて冷たい感触。

「いたあい」

子供の声がした。足元を見下ろすと、小さな女の子が尻餅をついている。彼女の手にはソフトクリームが握られていて、そのクリームは大半が失われていた。どこへ行ってしまったのかというと、いずこのジーンズである。

「――あー」

いずこは瞬時に事態を把握した。この場面で、なすべきことはなにか。

「どこ見て歩いてるの！」

などと怒鳴りつけることはせず、笑顔で女の子の横にしゃがみ込む。

「あー、ごめんね。お姉ちゃんのズボンがソフトクリーム食べちゃったねえ」

泣きそうになっている女の子を慰め、手を貸して立たせる。

「ズボンは、ソフトクリーム食べないよ」

女の子は、極めて真面目な突っ込みを入れてきた。ユーモラスな表現で和ませようと思ったのだが、いまいち通じなかったらしい。

「ごめんなさい、大丈夫ですか」

がらがらという音と共に、一人の女性が慌てふためいた様子で現れた。

「あっ、大変」

年の頃は、いずこと同じくらいか。髪は長くなく、メイクもナチュラルな感じだ。服装は、裾の長いスカートに七分丈のトップスを合わせている。派手さはないが、好ましい雰囲気の女性だ。

ベビーカーを押している。ベビーカーには、まだ一歳にもならないくらいの赤ん坊が座っていた。なんとなく、ソフトクリームの女の子と面立ちが似ている。

「すいません、ハンカチ、ハンカチを――」

「あー、大丈夫です、大丈夫ですよ」

狼狽《うろた》えてしまっている女性に、いずこは苦笑しながら手を振ってみせる。

「わたし旅行で来てて、替えのズボンも持ってますし。全然問題ないですよ」

そう断言してみせたところで、ぐうと腹が鳴った。

「――食べる？」

女の子が、手にしたソフトクリームの残りを差し出してきたのだった。

女性——中野《なかの》さんは、いずこたちを車に乗せてファミリーレストランへと連れて行ってくれた。

「おごりますから、遠慮せずに食べてくださいね」

女性が言う。彼女は椅子席に座り、隣の椅子をどけてもらい、赤ちゃんのベビーカーを置いていた。いずこはその向かいのソファ席で、右隣に凛子がいる。

凛子の右側には仕切りがあり、左側の席にお客さんはいない。そろそろお昼時なのだが、店内は結構空いている。

『注文は、このタブレットを通じて行うのですね。客に取って気楽に選べるし、店にとってはミスの可能性が大幅に減るしで、素晴らしい仕組みと言えましょう』

感動しながら、マルコは注文用のタブレットを勝手に操作し始める。

『牛リブロースステーキというものにしましょう』

『なに高いの選んでるのよ。こういう時は遠慮して安めにするものなの。ジパングの掟《おきて》よ。この掟を破ったものは、ハラキリの刑に処されるんだから』

『ハ、ハラキリですって。それはサムライの刑罰ではないのですか』

『四民平等っていってね、今はサムライでなくてもハラキリしないといけなくなったのよ』

「あ、あれ？」

マルコに適当な日本ルールを教えていると、中野さんが戸惑い始めた。

「タブレット、勝手に動いてません？　壊れてるんでしょうか」

「あ、えーと。どうでしょう。今はそうでもないですけど。最近のは触ってないと自動でデモ映像が流れるとか」

マルコをべしりと払いのけながら、いずこは慌てて取り繕う。

「なんにしようかなー」

「どうぞご遠慮なさらずお好きなものを頼んでくださいね」

中野さんが微笑《ほほえ》んでくる。

「わたし一人だと、中々この子たちをファミレスになんて連れてこられませんし。そのお礼とでも思って下さい」

「――なるほど」

確かに、赤ん坊と走り回る凛子の面倒を一人で見ながら食事するというのは至難の業だろう。ファミリーレストランにファミリーで来られないというのも可哀想な話だが、それが現実である。

何しろ、特に迷惑をかけたという訳でもないのに、子連れというだけで抗議めいた目線を向けてくる客が何人もいる。押しの強くなさそうな中野さんに、この視線を跳ね返せというのは無理な相談だ。

「ではチーズインハンバーグランチ、ライスは大」

いずこは注文を始めた。そういうことなら、むしろ堂々と頼んだ方が中野さんも気を遣わないはずだ。

『いずこも遠慮がなさすぎではないでしょうか。ハラキリではないのですか』

「ドリンクバーもつけちゃお」

なにやら言ってくるマルコを無視し、注文しまくるいずこだった。


「本当に、ありがとうございます」

ご飯が終わった後で、中野さんがお礼を言ってきた。中野さんは、乳離れ後期くらいだという赤ちゃんに切ったうどんを食べさせたり、自分も食事したりとても大変そうだった。

「いえ、そんなそんな」

いずこがやったことというと、凛子の相手をしながらチーズインハンバーグランチライス大を平らげたくらいのことで、お礼を言われるのは申し訳ないほどである。

「ジュース、ジュース。りんこのジュース。みどりのいろがきれいだね。へいへいジュース、おいしいね」

凛子が、メロンソーダのコップに両手を添えて、作詞作曲凛子のジュースの歌を口ずさんでいる。ソフトクリームの代わりということでドリンクバーを注文し、入れてきてあげたところ、中野さんが恥ずかしがるほど大喜びし、今も凛子オンステージなのである。

「凛子ちゃんって、いくつなんですか？」

「よんさい！」

いずことしては中野さんに聞いたつもりだったのだが、凛子が指を四本突き立てて元気よく答えてきた。

「そっかあ、四歳かあ」

いずこがそう言った頃には、凛子は再びジュースの歌を口ずさみ始めた。とにかくジュースが嬉しくて仕方ないらしい。何だかこっちも嬉しくなってくる。

メニューに「キッズ」の単語を冠するソフトクリームがあったのでそれも食べさせてあげようかと思ったが、やはりやめておくことにした。孫が喜ぶのが嬉しいおじいさんおばあさんが、お菓子を食べさせまくったりお小遣いをあげまくったりしてしまうアレみたいな感じになってしまう。

「四歳っていうと、幼稚園の年少さんですかね？」

何の気なしに訊《たず》ねると、中野さんは俯《うつむ》く。

「年齢的にはそうなんですけど、入れなくて。来年こそはと思っています」

中野さんは、少し疲れて見えた。第一印象ではいずこと同じくらいの年だと感じられたのだが、ひょっとしたら年齢は中野さんの方が下なのかもしれない。

「なるほど」

何か言葉をかけようと考えるが、中々難しい。雑談力にはある程度の自信があるのだが、どうもかけるべき言葉がぱっと出てこない。

これも結局、自分がないからかもしれないと自虐的に考える。自分がないから、意見や思いを自分の言葉で伝えないといけない時に、何も言えなくなるのではないか。

うーんと、店内に視線を彷徨《さまよ》わせる。お店は、ぼちぼち満席に近づいていた。

「美味しい？」

隣の席には、親子連れが来ていた。お母さんと男の子だ。お母さんは、服といいアクセサリーといいお金がかかっている感じで、髪の毛にも美容院で念入りに手を加えたらしきウェーブがかかっている。

「美味しいよ」

男の子は、落ち着いた様子でそう答えた。多分凛子とあまり変わらない年のはずだが、びっくりするくらいお行儀がいい。箸の持ち方一つとっても綺麗である（マルコに続いて二連敗かもしれない）。着ている服はカラフルな子供向けのデザインのものなのだが、それが浮いて感じられるほどに大人びていた。

「ジュースのおかわりほしい！」

凛子が、いきなりそんなことを言いだした。目を戻すと、なるほど彼女のグラスは空になっている。

「じゃあ、お姉さんが入れてこようか」

いずこがグラスに手を伸ばすと、

「いい！　りんこが自分で入れる！」

凛子はばっといずこからグラスを遠ざけた。たまたま近くにいたマルコが、グラスにぶつかって吹っ飛ばされる。

「まあまあ、台が高くて多分届かないよ？」

マルコはご愁傷様ということで放置し、凛子をなだめにかかる。

「自分で入れる！」

しかし、どうにも上手くいかない。

「りんこが自分で入れるの！」

ややかんしゃくを起こしたのか、凛子が大きな声を出す。何人もの客が、こちらを見てきた。

それは隣のお母さんも同様だった。あらあら、と言わんばかりの表情でちらちら見てくる。率直に表現して、下に見るような目だ。うちの子はこんなにいい子にしてるのよ、凄《すご》いでしょうと言わんばかりだ。いい気がしないことはなはだしいが、しかしそれどころではない。

「ほら、凛子。お姉さんに任せましょう？」

中野さんが、怒鳴りつけたりせず、根気よく言って聞かせようとする。

「入れる！」

しかし、凛子は耳を貸さない。

「まあ、まあ」

いずこはどうにかして落ち着かせようとした。幸いなことに、凛子は仕切りといずこの間に挟まれるような形になっている。どこかに突然ばっと走りだしてしまうような危険はない。ゆっくり時間をかけて言い聞かせれば、何とかなるはずだ。

「入れるったら入れるの！」

というのは、頭の固くなった大人による思い込みだった。

なんと凛子は、グラスを両手で持ったままテーブルの下に潜り、そのまま駆け出した。

「入れてくる！」

「やばっ」

いずこは立ち上がり、咄嗟に追いかけようとする中野さんを押しとどめる。彼女は赤ちゃんの傍《そば》にいた方がいいだろう。

凛子は店内をばたばたと駆け抜け、ドリンクバーの機械へと向かった。それをいずこは追いかける。

凛子は機械の前で立ち止まった。やはり、届かない。

背伸びしたり、ジャンプしたりするが、無理である。考えてみるとドリンクバーは大体どこもこんな感じで設置されているが、凛子みたいな子供が届かないようにするためなのだろうかなんてことも思う。

「う、うう」

凛子が、食い縛った歯の間から呻《うめ》き声を漏らす。さあ大変だ。自分でどうにもならないことにぶち当たった子供が何をするかなど、決まり切っている。今すぐに手を打たないといけない。しかし、どうすればいいのかまったく思いつかない。

「うう、うう」

困り果てるいずこの前で、凛子の呻き声がいよいよ大きくなる。今にも泣き出しそうだ。

「ええい仕方がない！」

もう一刻の猶予もならない。いずこは力任せで事態の解決に乗り出した。

「ヌウウウ！」

凛子の両脇を挟むようにして持つと、いずこは持ち上げた。まさしく力任せである。

「ふあっ」

一気にドリンクバーが操作できる高さまで到達した凛子は、興奮した声を出した。

「コップを置いて、ボタンを押すのよ」

ぷるぷる震えながら指示を出す。いずこは肉体派ではない。同世代の同性より多少上背《うわぜい》があるだけで、特に筋トレもしていない。腕力で物事を解決することには向いていないのだ。

「む、むむ」

重い。実に重い。四歳児の平均的な体重をいずこは知らないが、少なくともこの前買った米一〇キロより明らかに重い。

「コップを置いて、ボタンを押す」

凛子は、いずこの言った通りに操作し、首尾よくコップをメロンソーダで満タンにした。

「持ったね？ ――ヌウウ」

メロンソーダ入りのコップを持った凛子を、いずこはゆっくりと下ろす。持ち上げるのと同じかそれ以上に負荷がかかるが、迂闊《うかつ》なことをすると辺り一面メロンソーダの海という惨劇が待っている。

「ありがとう！」

しゅたっと着地すると、凛子はばっちりにっこり笑顔でお礼を言ってきた。

「凛子ちゃん」

つられて笑顔になりかけるのを抑えると、いずこはしゃがんで目線を合わせる。今このタイミングで叱《しか》っておかないと、凛子はもう他のことに気が逸《そ》れて届きづらくなってしまうだろう。

「お店の中を走り回っちゃ他のお客さんに迷惑だし、店員さんの邪魔になっちゃうよ。ジュースは届かないのに無理しちゃダメ。大きくなってからね」

ぐっと凛子が唇を嚙《か》み締める。内心でハラハラする。言葉がキツすぎたか。一度に二つも問題点を指摘するのはやり過ぎだったか――

「ごめん、なさい」

──いずれも懸念だった。凛子は、素直に謝ってきたのだ。いずこはホッとする。凛子は、いい子だった。

「えらいぞ」

さっき我慢した笑顔を解放すると、頭をよしよしとなでる。

「えへへ」

凛子も笑ってきた。ひとまず、丸く収まったといえそうだ。

「じゅーす、じゅーす」

と思いきや、凛子は早速ジュースの歌と共にテーブルに戻る。ネクストエピソードまで一切のタメがない。凛子の元気さは、行動と行動の継ぎ目を埋め尽くしてあまりあるほどのものなのだろう。

「待って待って。ゆっくり、ゆっくりだよ」

転びやしないか零《こぼ》しやしないかとはらはらしつつ、いずこはどうにかテーブルまで送り届けることに成功した。

「大丈夫でしたか？」

中野さんが心配そうに聞いてくる。

「はい、なんとか」

答えながら椅子に座る。中野さんはほっとした様子を見せたが、それも一瞬のことだった。周囲に目をやり、しょんぼりと項垂《うなだ》れてしまう。

どうしたのかと思いきや、周囲の視線がいずこたちの方に集まっていた。なるほど、これはつらい。中野さんはこれに一人で耐えていたのか。

もう出ましょうかという言葉が、喉元まで出かかる。しかし、それはいけない。追加のメロンソーダを取り上げられた凛子が、ジュースの歌デスメタルバージョンを披露してしまいかねない。難しい。これは難しい。

「ええと、そう言えば」

とにかく、黙っているからいけないのだ。いずこは、なにも考えずに話を始めた。せめて、凛子のメロンソーダが終わるまでは間をもたせるのだ。

「サボテンの生産量？　が日本一なんですよね。びっくりしました」

「ああ、そうみたいですね。わたし、結婚してからこっちに来たのでよく知らないんですけど」

どうも、話題選びを間違ったようだ。なんていう内心が伝わったのか、中野さんも慌てて話を受けようとする。

「ええと、でも。本当にそうなんですよ。小学生が、サボテンの農場みたいなところで寄せ植えをしたりするんです。ほら、遠足で体験な感じ」

「なるほど、面白そうですね」

話はそれ以上もたなかった。サボテンに罪はない。中野さんも悪くない。全てはいずこの無計画さが招いた悲劇だ。

「そう、そうだなあ。ここら辺でどこかオススメの場所ってありませんか？」

本当は通過点です、なんて言ってしまってもまずいので、とりあえず質問してみる。

「そうですね」

テレビの旅番組じゃあるまいし普通調べてくるだろうという話なのだが、中野さんは真面目に考え始めてくれた。ちらりと凛子の様子を窺ってみると、まだほとんど飲んでいない。ゆっくり味わっているようだ。

いずこの視線に気づいたのか、凛子がいずこを見上げてくる。なにをするかと思うと、にかあっと満面の笑みを浮かべてきた。実に可愛い笑顔だが、そういうことではなくてだね。

「そうですね、今は愛岐《あいぎ》トンネルっていって――」

中野さんが話し出した途端、凛子の表情が変わった。

「あー！　トンネル！　トンネル行きたい！」

しまった、と中野さんが目を閉じ、肩を落とす。

「ど、どうしたの？　トンネルってなに？」

驚いて凛子に訊ねてみると、

「トンネルね、行きたいの！」

なんともまあ、全く会話が成立しない。

「トンネルー！」

　これはちょっと、今までと次元が違う。

「あの、それじゃあソフトクリームはどうかな？　ほら、メニューにあるよ」

　とにかく懐柔だ。目の前の怪獣に向かって、いずこは奥の手を繰り出す。

「いらない！　トンネル！」

　奥の手はいとも簡単に粉砕された。ミサイルを跳ね返された地球防衛軍の如く、いずこは途方に暮れる。

「凛子ちゃん」

　ふう、と溜息《ためいき》をつくと、中野さんは表情を決意で硬くして声をかける。本当の奥の手を出す時の人は、こういう雰囲気になるものだ。奥の手というのは、普段使わない——あるいは使いたくないから奥の手なのである。自然、険しい雰囲気を纏《まと》ってしまう。

「トンネル、一人じゃ行けないでしょ」

「じゃあお母さんも来て！」

「行けないの。ともくんを連れて行けないでしょう」

　凛子が、ぐっと詰まる。凛子の目が、赤ちゃんに注がれた。ともくんというらしい赤ちゃんは、凛子の騒々しさにも動ずることなくすやすやと眠っている。

　凛子は、唇を噛んで俯いた。今までのようにわあわあと喚《わめ》かず、だってだってと口の中で小さく呟《つぶや》くばかりである。

　——凛子の気持ちが、いずこにはよく分かった。いずこも、お姉ちゃんだからだ。

子供は、下の子が生まれるなりいきなり責任のある立場に置かれてしまう。それまでの自分から、「お姉ちゃん」か「お兄ちゃん」へと無理矢理成長させられてしまうのだ。それぞれに程度の差はあるが、多くはその肩書きに自分を合わせようとする。上の子に「なる」のだ。

子供にだって、自分の求められる姿くらいは何となく理解できる。下の子のために、ワガママを我慢する子。下の子のお手本になるような、えらい子。そうあるよう期待されていることは、くどくど叱られなくても分かるのだ。

でも、話はそう簡単ではない。今まで構ってくれていた親が、下の子にかかりきりになる。納得いかないことがあっても、「お兄ちゃんでしょ」「お姉ちゃんなんだから」と取り合ってもらえなくなる。そのギャップは、しんどいのだ。

「愛知と岐阜を通っている、今はもう使われていない電車の線路があって。廃線ですね」

中野さんが、ぽつりぽつりと話し始める。凛子を大人しくさせることに成功したのに、雰囲気は明るくない。多分、できるだけ「お姉ちゃんなんだから」は使いたくなかったのだろう。

「愛岐トンネルっていうのは、その線路の途中にあるんです。年に二回一般に公開されて、ハイキングみたいに歩けるんですけど、そのニュースを観たら、この子がどうしても行きたいって言い出したんです」

「だって、だって」

凛子が、俯いたまま口の中で話す。

「この子、昆虫とかが好きで。そういうところは自然が豊富だから、行きたいんですね。夫も乗り気で、休みの日に連れて行ってあげようって約束してたんです。でも、その休みがなくなってしまって」

「お父さんは裏切りのお父さんだ」

凛子が、ふてくされたように言った。お父さんに同情するいずこである。自分だって行きたかったのに、裏切りのお父さんなんて二つ名を頂戴する羽目になるとは。

「お姉ちゃんは、我慢しないといけないから。だから」

凛子は、メロンソーダで満たされたコップを睨《にら》みつけた。まるで、それで自分を納得させるかのように。自分に許されたのはこのメロンソーダくらいしかないから、それで堪《こら》えるのだと言わんばかりに。

可哀想だと思う。しかし、どうすればいいのか。ベビーカーを押して廃線に行くわけにはいかない。ベビーカーにオフロードを踏破する性能は到底期待できない。

だからといっておんぶ紐《ひも》抱っこ紐で連れていくというのも非現実的だし、凛子を一人で行かせるのも不可能だ。まったく万策尽きた感じだ——

『いずこがついていってあげればいいのではないのですか』

なるほど、その手があったか。

「あの、わたしが連れて行きましょうか」

いずこは勢いよく申し出た。

「やったあ！」

「えっ」

凛子の表情が喜びで、中野さんの表情が驚きで、それぞれ溢《あふ》れかえる。

「――あ」

いずこははっと我に返った。なにか、とんでもない提案をしてしまったのではないか。

『我ながら、なんとよい提案でしょう』

いつの間にか戻ってきていたマルコが、えっへんと胸を張る。

「あの、えーと」

そんなマルコにデコピンを食らわせつつ、いずこは事態の収拾を図ったのだった。


『わたしはよい手段だったと考えています。指で弾《はじ》き飛ばすのは全く不適当です』

いずこの肩に乗った三頭身マルコが、抗議してきた。

『はいはい。あんたは単に面白そうなところへ行くよう仕向けただけでしょ。どうせわくわくしてるくせに』

いずこはふんと鼻を鳴らす。

『楽しみだということは否定しません。打ち捨てられた道というのは、詩情をそそるものですしね』

何やら、マルコの口ぶりがロマンティックなものになる。

『道はどこかに通じるもの。それは、役目を終えてから——つまり道として死してからも同じはず。死んだ道の行く先はどこなのでしょう。あるいは、死後の世界に通じていたりするのかも』

『通じてないわよ。岐阜に通じてるのよ岐阜に。大体あんた死人みたいなもんでしょ。死後の世界が見たきゃさっさと成仏しなさいよ』

いずこたちがいるのは、開放される廃線の入り口だった。事態の収拾はさっぱりつかなくなり、結局凛子を連れて廃線を歩くことになってしまったのである。

『廃線っていうからどんなものかと思ったけど、随分と山道ね』

ハイキングコース、と表現した方が近いかもしれない。開放して人を歩かせるために、整備しているということもあるのだろう。何かの映画のように、誰もいない朽ち果てた線路の上を歩くのかとも思ったが、そういうわけでもないようだ。

周囲にも参加者がぽつぽついるが、中野さん曰《いわ》く一時期実施が自粛されたこともあって以前より参加者は減っているらしい。

『しかし、あの母親の信頼を得られたのは驚きですね。現代のジパングでは、怪しい人間への警戒心も強く感じますので』

『それ、わたしが怪しい人間ってこと？　——まあ、確かに初対面なのにってびっくりはしたけどね』

ひとまず自分の身元を証明しようとしたが、仕事でもないので名刺は持っていない。そもそも、名刺を渡しただけでここにいる人物が大江いずこだと証明することもできない。

結局役に立ったのは、西村が発案したあのしょうもない会社紹介動画だった。無表情で愉快な会社ライフについて語る動画が、ひいては西村の思いつきが何かの役に立つ日がくるとは思わなかった。

『わたしが大江いずこだと分かったところで、子供預けられるかって話だしね』

会社で働いているから、あるいは身元が確認できたからといって信頼できる人間だと断言できるものでもない。誰知らぬ者のない社会的地位にある有名人とかならまだ分かるが、いずこの社会的地位など会社紹介動画で四番手に五秒ほど出てくる程度のものである。

「本当に、お願いしてしまっていいんでしょうか」

ともくんを抱っこした中野さんが、そう言う。彼女は一旦家に戻ると、車を出していずこたちを送ってくれた。いずこたちを送り出した後で、出口に先回りして待っているという流れである。

「むしろ、わたしこそ凛子ちゃんを預かっちゃっていいのかなみたいな」

いずこは、マルコと話していた懸念について聞いてみた。

「そうだ、財布預けますよ。キャッシュカードとか保険証とか色々ありますよ。これなかったらわたしの進退が窮《きわ》まりますよ。免許証もあります。ほら、写真つきでわたしです。

オートマ限定なんで、中野さんの車とか運転できないんですけど」

中野さんの車はマニュアル車、しかも大型のゴツいSUVである。いずこをともくん（チャイルドシート）と共に後部座席に乗せ、中野さんは冷静にして果断なハンドル捌《さば》きで四輪駆動のタフなモンスターを操った。圧倒されるいずこに、中野さんは「田舎生まれなんで、車に乗る機会が多かっただけです」と恥ずかしそうに笑った。そういう問題でもないと思うのだが。

「え、え？」

さてそんな中野さんだが、財布を突きつけると打って変わって戸惑った。まあ、初対面の人間から財布を押しつけられることなどまずないし、困って当然と言えば当然である。

「分かりました。あの、だとしてもとりあえずいくらか現金は持たれた方が」

中野さんが、そう勧めてきた。やはり冷静といえる。いずこはそこまで考えていなかった。それはそれでどうかという感じでもあるが。

「分かりました」

素直に財布からいくらか抜いていると、凛子が駆け寄ってきた。

「いずこお姉ちゃん！　早く！　行こう！」

凛子はいずこの周りをくるくる回りながら、文字通り飛び跳ねている。物凄く高いテンションで、お目々はキラキラである。凛子くらいの年の子がこんなに興奮するというと、サンタさんのプレゼントとかヒーローショーの後にある握手くらいではなかろうか。いずこの社会的地位は、ナントカレンジャーに匹敵する水準にまで向上したということなのか。

「じゃあ、行ってきますね」

いずこは何度も頭を下げてくる中野さんに会釈をし、凛子と手を繋《つな》いで歩き始めた。

「ねえ、いずこお姉ちゃん。ウォリプリ見てる?」

凛子が、いきなりそんな話を振ってきた。ウォリアープリンセス。日曜日の朝に放送されている、女児向けの長寿アニメシリーズだ。基本的に毎年主人公が変わるので、最近ではヒロインの合計が五十人だか百人だかになったと何かで見た。

「最近のは見てないなー」

四つ下の妹が見ていたこともあって、中学生くらいまでは一緒に見ていた。それでも十年以上前のことである。

「あのね、プリンセス・スラッシュがすごいんだよ! 格好いいの! 技がね、カッティング・ダウン! なの。で、悪者のポイズンズがやっつけられて逃げていくんだよ!」

凛子が、技のポーズを再現してくれる。基本的なフォーマットは変わっていないのだなあ、とか、今の子供も真剣に観ているのだなあとか、色々なことを思う。妹が小さい頃、いずこもウォリプリごっこの相手をさせられたものだ。

「いずこお姉ちゃん!」

急に、凛子が目を見開いた。

「おしっこ!」

また唐突な展開である。いずこは慌てふためきながら凛子をトイレへと連れて行った。

『随分と気に入られていますね』

トイレの外で凛子を待っていると、マルコが言った。移動中だったので、リュックのサイドポケットに収まっている。

『あのお母さんの信頼も得られましたし、いずこはとても人徳があると言えましょう』

『そうかなあ』

いまいち、ぴんと来ない。たまたま、困っているところにタイミングよく現れただけの話ではないのか。

『いずこは少々自分に自信がないようですね。京都での経験一つで、そう簡単に変われるわけでもないでしょうが』

『かもねえ』

褒められても、実感が湧かない。そんなに立派だとは、どうにも思えないのだ。

考え込んでいると、急に話しかけられた。

「あら、先ほどの」

「さっき、ファミレスにいらっしゃいましたよね」

見ると、隣の席にいた母親だった。男の子も、彼女の後ろに立っている。

「あー、どうも」

いずこは適当な挨拶を返した。この親子も、愛岐トンネルを歩きに来たようだ。

「こちらに来られるって話、聞こえてて。もしかしたらお見かけするかもと思ってたら、本当にいらしてびっくりしました」

まあ、それは確かにそうだろう。たまたまファミレスで隣になった人間が、たまたま同じ目的地を目指していたなんてことはそうあることではない。そこが近場というならまだ分かるが、中野さんが颯爽《さっそう》と四駆を走らせるくらいの距離はあったわけで、相当な偶然といえる。

「おたくのお子さんの声が聞こえて、すぐ分かりました」

いずこを親戚か何かと思っているようだ。実は通りすがりの旅行者ですと説明するのもややこしいなので、曖昧に笑って流す。

「おたくのお子さん、元気ですよねえ。声が大きくて、天真爛漫《てんしんらんまん》で」

それはさておき、言葉の端々に宿るこの微妙すぎるニュアンスは何だろう。

「うちの子は、全然反対で。走り回ったり、大声で泣いたりはしないんですけど、大人しすぎるっていうか。他の人には『まだ五歳なのに偉いですね』なんて言われちゃうんですけど。ふふふ」

「――はあ」

大体の意図は把握した。これが、音に聞くママ友マウンティング！

「小学校の受験も考えているんですけど、今のうちに子供らしいことをさせてあげる必要もあるかなって」

いずこは半笑いで瞑目《めいもく》する。ただファミレスで隣になった人相手にこれである。周囲のママ友たちは日頃どれだけの被害を被っているのやら、想像もつかない。

「おわった！」

トイレから、凛子が出てきた。

「あらー。一人でおトイレできるのね。えらいわねえ」

両手を膝に当てて身をかがめながら、マウンティングママは口先では褒めつつイントネーションで小馬鹿にする。

「おきがえもできるよ！」

そんな大人のやらしいテクニックなど知らない凛子は、とっても元気にお返事をした。

「あらあら、立派！」

マウンティングママはそう言って笑う。立派、の部分に込められた嫌味ときたら。いずこも四歳児に戻って「悪は許さないぞ！　ウォリアープリンセスパンチ！」とか言って必殺技を食らわしてぶっ飛ばしてやりたい。

「それでは、わたしたちはこれで。行くわよ、景晴《かげはる》」

ニコニコ笑顔のまま、マウンティングママは歩き出した。子供が、無表情でついていく。

「ばいばい！」

何も知らない凛子が手を振る。

『感じ悪い』

立ち去っていく母親の背中を見ながら、いずこは毒づいた。

『通りすがりみたいな人間相手にマウント取ってどうすんのよ。バカじゃないの』

可愛い僕ちゃんの自慢がしたいなら好きにすればいいが、何だってまたわざわざこっちに絡んできて、あまつさえ凛子を小馬鹿にする必要があるのか。

『確かに、いただけませんね』

マルコも、珍しく批判的な物言いをする。

『なんか、中野さんに申し訳ないな』

いずこはしゅんとした。別に何をされたわけでもないが、守り切れなかったという思いで口の中が苦い。

『――ふむ』

マルコが、リュックを登っていずこの肩に乗ってきた。

『いずこの徳は、そこだと思いますよ』

そして、そんなことを言う。

『誰かのために怒れるところです。自分の利益を図るだけではなく、人の苦衷《くちゅう》を推し量ることができる。それは美点です』

『そういうもんかなあ』

首を傾《かし》げる。確かに、京都でも初対面の奈月のためにやたら憤慨したりした。しかしそれは、元彼のことを思い出したからというのも大きかったはずだ。

「お姉ちゃん！　行こう！」

マルコとの会話というか念話というか、そういうものが凛子の声で妨げられた。

「はいはい」

苦笑しながら、いずこは小走りで移動を始めた凛子を追う。はてさて、どれだけ大変なことになるだろう。

「あー！　トビモンオオエダシャクだ！　すごい！　木に止まってると分からない！」

どれだけ大変だったかというと、めっちゃ大変だった。

「これはハナムグリ？　うん、そうだやっぱりそうだ。すごーい！」

何か昆虫を見る度に、はしゃぎ出すのだ。

「ハラグロオオテントウはね、一番大きい部類に入るテントウ虫なんだよ」

また繰り出される知識がとても該博で、理系の学校教育をちゃんと身につけたとは言いがたいいずこにはついていけない。四歳児って、こんなにものを覚えられただろうか。字が読めるようになってえらいね、くらいの話ではないのか。

「わあー！　ミヤマカラスアゲハ？　初めて見た！　見て、見て。すっごく綺麗」

そして疲れ知らずである。その小さい体のどこにエネルギー源があるのか。追いかけるのに必死で、周囲の視線など気にしていられない。そういえば、中野さんが周りを気にしだしたのは一度凛子がテーブルから離れた時のことだった。子供に関わっていると、周囲の目を気にするのはどうしても難しくなる。そんなことを、やっといずこは理解した。

『いずこ！　見てください！　残存物と書いてあります！　忘れ物のようですね』

マルコが感嘆した声を上げた。確かに趣深いかもしれないが、今はそれどころではない。写真を撮る暇さえない。

『しかし、周りには草がぼうぼうと生えてしまっていますね。――マルコは知っています。草は強者《つわもの》の夢を食べて伸びるという俳句があることを。この残存物は勇者の夢の跡といえるかもしれません』

文系の学校教育をそこまで真面目にやっていないいずこでも分かるほど間違えているが、もう指摘するのも面倒なので放置である。

「凛子ちゃん、喉渇かない？」

とにかく凛子を一度落ち着かせようと、いずこはそう話しかけてみた。

「あっ、飲みたい！」

ほっとして、用意しておいたお茶のペットボトルを渡す。しんどい理由の一つがこれだ。六〇〇㎖ペットボトルを何も考えず三本も用意したので、リュックが二キロ近く重くなっているのだ。

近くに岩があったのでそこに並んで腰掛け、それぞれお茶を飲む。まだ四月後半でそれほど暑いわけでもないのに、やたら喉が渇いている。まあ、あれだけ動き回ったら当たり前だという話だ。凛子も同じらしく、ごくごくと勢いよく飲んでいく。

「足大丈夫？　痛くない？」

いずこは、凛子に聞いてみた。舗装されている道を歩いているわけではないので、痛くならないか心配である。一応、中野さんがハイキング用の靴に履き替えさせてはいるのだが、運動量が半端ない。

「大丈夫だよ！」

凛子はそう答えてきた。元気いっぱいで気づいていないのか、あるいは靴のおかげもあるのか。ちなみに普通のスニーカーのいずこは、足の裏がちょっと痛くなり始めている。

「しかし、凛子ちゃんは虫とかが本当に好きなんだね」

いずこはそう言った。素直な驚きがある。街中では、凛子にこんな一面があるなど全然気づかなかった。

「うん。いつもはあんまりいなくて、本を読んだりネットで見たりしてるだけだけど」

なるほど、という感じである。街中で、虫を見ることはそうない。いや、実際のところよく探せばあちこちにいるのだろうが、普通に歩いていて見かけることはあまりない。

「ミヤマカラスアゲハはね、春日井では最近見つかってないんだ」

現代の環境に思いを馳《は》せていると、いきなり凛子が話し始めた。

「オスとメスだと羽の色が違うんだよ。オスの方が黒っぽいっていうかな」

話し出すと止まらない。走り回っていないと、今度は頭の中や口が加速してしまうようだ。学校の授業とか、興味のない科目がつらそうである。いきなり教室を飛び出してしまう子がたまにいるが、こんな感じなのだろうか。

「あとね、オスはよく水を飲むんだけど、他の仲間と固まって飲むんだよ。水たまりとか、川とかに集まって飲んでて――」

「あ、綺麗なお花」

このままだと終わらなさそうなので、いずこはやや強引に話を逸らした。スマートフォンを取り出して、色々写真を撮ってみたりする。

「あれはねえ、ミヤマシキミだよ」

なんと、そんなところまで詳しいようだ。

「へえ、そうなんだね。どんなお花？」

諦めて、いずこは話を聞いてあげることにした。好きなものに囲まれているのだから、沢山話したくなるのは当たり前というものだ。ここは、したいようにさせてあげよう。

「十二月から二月には実がなるんだけど、すっごい毒で食べると死んじゃうかもなんだよ。あとね、あとね、葉っぱをもむとくさいにおいがするんだ」

そもそも、凛子の話を聞いているのは結構面白い。知識をひけらかしたいとか、賢いと思われたいとか、そういう邪念が存在していない。ただ好きなものが好きで、話している。その純粋さに触れているのは、とても楽しいのだ。

「なんか、花の見た目は可愛くて綺麗なのに曲者《くせもの》なんだね。どんな匂いがするか試してみたい気もするけど、においが移ったら大変だからやめとこっか」

勿論これはゲスト的に少しやっている程度だからそう感じるだけであって、毎日向き合うとまた別の苦労があるだろう。子育てとは大変なものなのだなあ、と改めて思ういずこだった。

ようやく話に一段落ついたところで、いずこたちは再び歩き始めた。いい天気で、ぽかぽかした陽気。ハイキング日和《びより》である。

『これが、トンネル!』

しかし、トンネルの中はまったく違っていた。暗くて、異世界のようである。

『まるで、古代ローマの水道のようです。しかし、山をくりぬいて向こう側に通り抜けるとは。旅をしていた時に何度も夢想していたものですが』

マルコが、サイドポケットからウキウキ気分を実況してくる。

『まあ、こんな大きいの歩いて通るって滅多にないけどね。普通に都会で暮らしてたらせいぜい陸橋をくぐるくらいの話で――』

そこで、いずこは黙り込んだ。凛子がきゅっ、と手を握ってきたのだ。驚いて見ると、凛子は硬い表情で、真っ直ぐ前を見つめている。

ふふ、といずこは微笑んだ。なんだかんだいって、子供なのだ。暗いところが、怖いのだろう。

手を握り返してあげながら、いずこは思う。何はともあれ、これで凛子は大人しくなるに違いない。のんびり満喫できることだろう――


「ねえねえ、いずこお姉ちゃん」

結論から言うと、のんびり満喫することはやはり不可能だった。トンネルを抜けると、凛子は元通りに復活した。そして、植物や虫以外にも衝き動かされ始めたのだ。

「あれはなに？」

それは、知識欲や好奇心である。

「なんて書いてあるの？」

知らないことやものを見る度に、凛子は次々に質問を繰り出してくる。

「ええと、登録有形文化財かな」

「文化財ってなに？」

一つ答えれば、質問は増える。ポケットの中のビスケットを叩きまくったかの如く、凛子は大量のなぜを繰り出してくる。

「文化財っていうのは、ええと、まあ文化的に大事だから保存してこうってことかな」

必死で記憶をたぐり、あるいはネットを検索し、凛子の質問に答えていく。

『いずこ、その文化財の文化的価値は誰がどのように判定するのですか？』

マルコまで加わってくる。まあ伝説の旅人であるからして、子供と同じくらいに好奇心が溢れているのかもしれないが、今はちょっと勘弁してほしい。

凛子の質問にのみ答えながら、走りだして危ない目に遭わないようにも気をつけて歩く。周りがどうとか言っている場合ではまったくない。それゆえに、いずこは行く手でとある事件が起ころうとしていることに気づかなかった。

「あ、景晴《かげはる》！　どうしたの？　ま、待ちなさい！」

上ずった声。はっと顔を上げると、少し行った先にあの親子がいた。何やら騒いでいて、周囲にいる何人かの人たちも戸惑っている。

「怖い！」

騒ぎを起こしているのは、あの男の子だった。さっきまで大人びすぎている程に大人びていたのに、何やら人が変わったように怯《おび》えている。

「やだ！」

遂には、悲鳴を上げて走り出した。道から外れて森の中へと走って行く。

「か、景晴！」

慌てて追いかけようとした母親が、転んでしまった。

「大丈夫ですか？」

いずこが駆け寄る。

「あの子が、虫が飛んでくるのを怖がりだして、わたしはただ、こういう場所で強くなってほしくて」

いずこの方を見もせずに、母親が話す。話の前後っぷりといい、余裕のない態度といい、これはちょっと普通に話すのは無理そうだ。

「うーん、どうしたら――っと、とと」

いきなり、羽音と共に目の前をハチが飛びすぎた。なるほど、これをあの男の子は怖がっていたらしい。

「これ、ニホンカブラハバチだよ。毒がないから大丈夫だよ」

言って、凛子はハチを捕まえようとする。さすがにそれはどうかと思ってやめさせつつ、いずこは考える。

「わたし、わたし捜しに行ってきます」

そう言って、母親は森の中に入ってしまった。

「わたしたちは、どうしようかなあ。捜しに行った方がいいのかな」

ちらりと凛子を見る。何となく状況が分かって来たのか、凛子は神妙な顔をして黙り込んでいた。

『でも、この子連れて行くわけにもいかないしね。わたしたちまで迷子になったら洒落にならないし』

いずこはマルコにそう言う。

『とりあえず、スタッフの人に知らせに行きましょうか』

警察を呼んでしまっては大事だし、大体ここまで駆けつけるのに時間がかかるはずだ。それよりは、この散策を仕切っている人たちに連絡した方がよさそうである。

「ここの大人の人に伝えないとだから、一旦ゴールまで行こう凛子ちゃん」

できるだけ嚙み砕いて伝える。やだと言われるかと思いきや、凛子は真面目な顔で頷いた。

いずこは感嘆する。やはり凛子は、ワガママな子ではないのだ。ただ内側にある衝動や興味関心が普通の子よりも激しくて、それが表に出てしまいがちなだけなのだ。弟のことを思いやることもできれば、自分を制しないといけない時には制することができる。とても優しくて、そして賢い子なのだ。

しばらく二人で歩く。凛子はあれこれ興味を惹《ひ》かれているようだが、頑張って我慢しているようだった。可哀想だが、致し方ない。今度こそ、ご褒美にファミリーレストランのキッズソフトクリーム的なものを食べさせてあげるべきだろうか――

「――なんか聞こえるよ」

凛子が、立ち止まって言った。辺りをキョロキョロと見回している。今までと、少し様子が違う。

「なんかって、なにかな？」

聞いてみると、凛子は耳に手を当てて目を閉じる。

「しくしく泣いてるみたいな」

一緒になって、耳を澄ましてみる。

「——ほんとね、聞こえる」

押し殺したような子供の泣き声が、微《かす》かに聞こえてきた。子供は耳がよく、大人になればなるほど聴力が落ちていくというが、確かにその通りのようだ。

「うーん、困ったな」

何かあったのかもしれない。助けに行くべきなのだろうが、さすがにここで凛子を一人にするわけにはいかない。どんなに賢いといっても、四歳だ。一人にしてしまったら寂しくもなるだろうし、突発的な行動をして危ない目に遭うことも十分ありえる。

『私見ですが、連れて行っても大丈夫だと思います』

マルコが、意外なことを言った。

『子供は元々子供の足で行けるところまでしか行けませんし、さっきのハチで怯えるようなら奥深くまで入り込むことはありえません。この子を連れて行ける程度のところで、すぐに見つかると思います』

普段の頓珍漢《とんちんかん》ぶりと打って変わって冷静な見解だ。

『そうは言っても、預かってる子供だし——』

「助けに行かなくていいの？」

逡巡《しゅんじゅん》するいずこを、凛子が見上げてきた。

「プリンセス・スラッシュは、戦士の絆《きずな》で結ばれた仲間は必ず助けるって言ってたよ」

「むむむ」

唸《うな》ってしまう。ここであの男の子を助けに行かなかったら、凛子の中の戦うヒロイン像が色褪《いろあ》せてしまうかもしれない。子供のつぶらな瞳が、いずこの背中を押す。

「あーもう、仕方ないわね！」

いずこは、やむを得ず決断したのだった。


「足元に気をつけてね」

凛子と手を繋いで、いずこは森を行く。

「うん！」

凛子はやや緊張気味だが、一方でお目々は今まで以上にキラキラだった。今までは、なんだかんだ言って人が歩くことを想定して作られた道を通っていたが、ここは違う。そのものずばりの自然だ。テンションが上がるだろう。

「ほんと、気をつけてね」

いずこはというと、もっと緊張していた。凛子に何かあったらと思うと、気が気でならない。あの男の子が何か危険な目に遭っていたらどうしようと、不安にもなってしまう。まったくあの母親、すぐ追いかけた割に見つけられていないのか。なにをやっているのだ。

自慢の息子なんだからさっさと捜し出してくれ。

「あ、あそこ！」

いきなり、凛子が叫んだ。指差す方を見てみると――男の子がいた。

人がいる、というよりは色合いで分かった。男の子の着ているカラフルな服が、森の色合いから浮かんで感じられるのだ。

「大丈夫？」

大きな声で呼びかけてみると、男の子がびくりとした様子でこちらを見てくる。

「今行くからね。そこでじっとしててね」

言って、いずこたちは歩き出す。いよいよ足元は歩きにくく、ともすればけつまづきそうになる。

それでもどうにかこうにか歩き、ようやく男の子の表情まで分かる位置へと近づいた。

顔は涙と鼻水でぐしゃぐしゃである。走り出した時もそうだったが、街中での落ち着き振りとは全く違う。

それはさておき、いずこには少し怪訝《けげん》に思うことがあった。あれだけボロボロに泣いている割に、どうしてこんなに静かなのか。さっき聞こえてきた声もそうだ。どうにも辻褄《つじつま》が合わない。

「あの、あの、あれ」

男の子が、指差す。その先を見てみるが、特に何も見当たらない――いや。いる。

「蛇、が」

男の子がそう言うのと、いずこが蛇に気づくのはほとんど同じタイミングだった。

確かに、そこには蛇がいた。緑色の皮膚だか鱗《うろこ》だかで全身を覆い、舌を出したり入れたりしている。鎌首をもたげて、男の子の方を見ている。その瞳は結構愛らしく、ゆえに余計に不気味さがあった。

「ひっ」

喉の奥で、悲鳴がくぐもる。男の子が泣き喚かないわけである。怯えきってしまって、声を出すこともかなわなかったのだ。

「うそ、ほんとなにこれ」

いずこは半泣きで呻いた。特別蛇が嫌いだとか、そういうことはない。ただ、こんな場所でこんな状況で出会いたくはない。子供たちが噛まれたりしたら、と思うとパニックを起こしそうになってしまう。

「よ、よーし」

しかし、そうも言っていられない。この場において、大人はいずこだけだ。子供たちを、蛇の恐怖から守らなければならない。

「だいじょうぶだからね」

男の子に声を掛けると、いずこは凛子の手を離して枝を拾う。今はとにかく、あの蛇を追い払わねば――

「わー！　カッティング・ダウン！」

突然凛子が駆け出した。

「ちょっ、凛子ちゃん！」

カッティング・ダウンではない。一体どうしてしまったのだ。

凛子は手当たり次第にものを蛇に投げつけた。蛇は突然の戦うヒロイン登場に驚き慌て、尻尾というか体を巻いて逃げ去っていった。

「わー！」

「今のはアオダイショウ。毒とかない蛇だよ」

凛子が、えっへんと言わんばかりに胸を張る。どうやら爬虫《はちゅう》類《るい》にも詳しいらしい。最早感嘆させられるいずこだった。


しばらくなだめて、ようやく男の子は落ち着いた。

「お名前は、なんて言うの？」

とりあえず、いずこは名前を聞いてみる。

「大萩《おおはぎ》景晴です。五歳です」

男の子は、流れるように名乗った。名前を聞いたらこう答える、というのを厳しい訓練で叩き込まれたかのような滑らかさだ。

「りんこはね、よんさい！」

一方こちらは、訓練もなにもないそのままの名乗りだ。

「お姉さんはね、大江いずこっていうの」

とりあえず自分も名乗り返してみる。景晴が何か言うかと待ってみたが、彼は黙り込んでしまう。知らない大人とは、あまり話さないようにしているのかもしれない。

「ここには旅行に来たんだよね」

仕方ないので、ちょっと話をしてみる。まずは信頼を得ることだ。

「元々は土岐にいくつもりだったんだけどね」

そこまで話したところで、景晴が顔を上げる。

「どうして春日井のファミレスにいたんですか？」

そしてそう訊ねてきた。話に乗ってきたのはいい兆候だ。

「いやー。名古屋駅で新幹線から乗り換えてね、土岐に着いたらご飯を食べようと思ったんだけど、お腹ペコペコで勝川？　だったかな、サボテンの像があるとこ。あそこで降りたんだ」

親しみやすそうな、話やすそうな話題を振ってみる。

「愛知県と岐阜県は隣ですけど、名古屋駅と土岐市の距離は離れています」

すると、確かに景晴が話し始めた。

「名古屋駅があるのは愛知では南の端、濃尾《のうび》平野の南端です。土岐盆地にある土岐市は岐阜県の中では愛知寄りですけど、岐阜県は愛知の北東に位置しているので、愛知をつっきる形になります。よって、移動するにはそれなりに時間がかかります」

話してもらえたのは嬉しいが、これはこれで困る。返す言葉もないのだ。

日本地図で見ると、東海地方は何だかカニのはさみみたいなものがちょろりと出ているくらいであまり広く感じられず、そのイメージで岐阜や愛知のことを考えていたところは少なからずある。親しみやすいというより、バカと思われてしまったかもしれない。

「五歳で凄いね。周りの子、ついてこられないんじゃない？」

言ってから、嫌味じみた感じになってしまったかと後悔する。

「はい。みんな僕が何を言ってるか分からないみたいです」

しかし、景晴はさらりと答えてきた。いずこの言葉を、特に悪い風にはとらなかったようだ。

「——そう」

景晴の物言いこそ傲慢に聞こえなくもないが、しかし多分そういうことではない。景晴のような子は、景晴のような子で大変なのだろう。

「それに、僕は凄くないです」

景晴の顔に、初めて表情が浮かんだ。残念そうなものだ。

「この子は、四歳なのに。僕の方が、ダメだった」

四歳児に負けたのが、相当悔しいらしい。いずこからしたら四歳も五歳も似たようなもんだろうという感じなのだが、何にせよ少し微笑ましく思った。五歳らしいところもあるようだ。

「僕、虫とかが苦手で。お母さんが心配して、自然に慣れさせようと思って連れてきてくれたんです。でも——怖くて」

言って、景晴はしょんぼりする。何となく、納得がいく。景晴のような大人びた子が虫を怖がったりしたら、そのギャップはからかいの対象になり得る。あのマウンティングママは、マウンティングママなりに心配したのだろう。

「まあほら、人それぞれでしょ」

いずこは、景晴を励ましてあげることにする。

「森の中じゃ、確かに凛子ちゃんの方が凄いわよね。というかお姉ちゃんより凄かったし。でも街の中では、景晴くんの方が立派だったじゃない。お行儀がいいし、お箸の持ち方も綺麗だし。でもまあ、凛子ちゃんはそうでもなかったわけ。いる場所によって、輝けたり輝けなかったりするのよ。どっちがえらいとか、そういうものじゃないと思うわ」

その人には、その人の向き不向きがある。

『会社では自分の意見も上手く言えない人が、旅先では活躍するというのも同じことかもしれませんね』

マルコが、茶々を入れてくる。やかましいという感じだが、まあ、もしかしたら——そういうところも、あるのかもしれないのだろうか。

景晴は、黙って考え込んでいる。できるだけ難しい言葉を使わないようにしたが、どうだろうか。聡《さと》い子なので、多分分かってくれるとは思うのだが。

「さて、そろそろ行こうか。凛子ちゃんも」

頃合いよしと見て、二人にそう声をかける。ちなみに凛子とはしっかり手を繋いでいた。こうしている間にも、飛んでくる蝶《ちょうちょう》々やら何やらに気を取られている。確かにここは凛子が輝ける舞台ではあるが、あまりに輝きすぎて超新星爆発を起こしてしまう可能性がある。ある程度こちらがコントロールせねばならない。

「分かりました」

ずっとその場にしゃがみ込んでいた景晴が、立ち上がる。

「いたっ」

次の瞬間、そう言って顔をしかめた。

「大丈夫?」

血の気が引く。どこかを怪我しているのか。

「右の足首が痛いです」

つらそうな顔で、景晴が言う。

「見せて頂戴。凛子ちゃん、おとなしくしててね」

強めに凛子にも言って、いずこは景晴の脇にしゃがみ込んだ。右足の靴と靴下を脱がせ、足首を見てみる。傷などはついてない。

「体重かけると痛い感じ？」

靴を履き直させながら聞いてみると、景晴はいと頷いた。

「捻挫かなあ」

医学的知識はないが、多分そんな感じだ。これは、歩かせるわけにはいかないかもしれない。

「ちなみに、景晴くんは体重何キロ？」

「二〇キロです」

「うっ、まじで」

米一〇キロの倍である。おんぶしても、連れて行けるかどうか。母親を呼び出したいが、電話番号もメッセージアプリも何も聞いていない。はてさて、どうしたものか——

「失礼します」

困り果てていると、背後からいきなり声をかけられた。

「通りすがりの者ですが」

マルコである。元のサイズに戻ったマルコである。

「そちらの男の子が怪我をしているようですね。よろしければ、お手伝いしましょうか」

マルコは善意の第三者を装っている。だが、凜子も景晴も警戒心を露《あら》わにしていた。無理もないことだ。こんなところで長身の金髪碧眼《きんぱつへきがん》、かつ奇妙な格好をした人間が通りすがるなどありえない。森のくまさんに出会う方がまだ現実的である。

「おや、信頼されていないようですね」

マルコが、困ったように言った。ようやく事態に気づいたようだ。

「ええと、もしかしたら警察の方？　ですか？　森の中をパトロールするために、そういう格好をしているとか。こう、枝とかで怪我しないように」

仕方ないので、一芝居打つ。急ごしらえで無理の塊みたいな設定だが、ウインクなどしてみて、合わせろというサインを送る。

「わたしは通りすがりの者です。強いて言えば旅行者でしょうか。ところでお嬢さん、顔が引きつっているようですがどうなさいましたか？　お体の具合でも悪いのですか？」

まったく意図が伝わっていない。ほんましばいたろかという感じである。

「ああっ！　もしかしてあなたは、かのジョニー・ジョンソンではありませんか？」

仕方ないので、やり方を変える。

「違います。わたしは、ジョニー・ジョンソンなる人物ではありません」

マルコはまだ分かっていない。

「わたしはマルコ・ポーロ――」

バカ正直に名乗りかけるマルコに駆け寄り、足を踏む。

「痛いです、いずこ。わたしの足を踏んでいます」

マルコが小声で抗議してくる。

「わざと踏んでるのよ。話を合わせなさい」

足を踏んだまま、小声で返す。

「いえ、やはりわたしはジョニー・ジョンソンです。うっかり忘れていましたが、今思い出しました」

ようやくマルコが話を合わせてきた。そこで足はどけてやる。

「やはりそうでしたか。あのハリウッド映画『サンダースティール3　ゲイツ・オブ・ヘルを襲撃せよ』に出てた大スターのジョニーさんですよね？　ここには撮影で？」

適当なプロフィールをでっち上げる。中世ヨーロッパ風の男性が、説明もなくいきなり日本の山中に現れるからおかしいのだ。そこにそれらしい理由を付けるのである。

「映画の人なの？　すごい！」

凛子は無邪気な反応をした。素直な子だ。

「ハリウッドスターが、こんなところで撮影してるのはおかしいよ。警護の人とかなしで一人で歩いてるのも変だ」

一方、景晴は設定の不備を突いてくる。その通りすぎてなにも言えない。

「大丈夫。わたしは間違いなくジョニー・ジョンソンですよ」

そう言って、マルコはにっこり笑った。認めるのは癪《しゃく》だが、実に素敵な笑顔である。しかし、子供たちに通じるのだろうか。

「映画の人だ！」

「そう、なのかな」

笑顔効果は覿面《てきめん》だった。凛子はより喜び、景晴も態度を軟化させる。実際のところにっこりしただけで、ジョニー・ジョンソンの存在を裏付けるための情報はなに一つ提示していないのだが、果たしてこれでいいのだろうか。

「では、失礼しますね」

ジョニー・ジョンソンことマルコは、景晴の脇にしゃがみ込んだ。

「よっと」

そして、お姫様抱っこの姿勢で抱え上げる。その手つきは、とても優しいものだった。

景晴は、自然にマルコの首に手を回して安定した姿勢を取る。表情に、嫌悪感はない。

なるほど、といずこは納得した。ただ笑顔が素敵だから、子供達は信用したのではない。

マルコの一挙手一投足に滲《にじ》み出る、人柄。そういうものを、言外に感じ取ってもいたのだ。

「では、行きますよ」

マルコが歩き出し、いずこは凛子の手を引いてそれに続いたのだった。

「景晴！」

ゴール地点まで行ってしばらく待っていると、母親が現れた。運営の人に、森の中から捜し出してもらったのだ。

「ごめんなさい」

景晴が謝る。その声は、すっかり涙声だ。

「いいのよ。わたしこそ、無理させてごめんなさいね」

母親は景晴を優しく抱き締める。叩いたりしたらどうしようかとはらはらしていたが、とりあえず一安心といったところだろうか。

「見つけてくださったのですね。ありがとうございます」

母親が、頭を下げてきた。

「いいえ、とんでもないです」

いずこも頭を下げ返す。なんやかんやと文句を垂れたが、素直に謝られると恐縮してしまう。

「本当に、ありがとうございました」

そう言う母親の服は、泥で汚れていた。ほつれているところもある。懸命に男の子を捜していたことがよく分かる。

「あれ？　そういえば映画の人は？」

いずこと手を繋いだ凛子が、辺りをキョロキョロ見回した。

『映画の人はさりげなく姿を消しました。今はここにいます』

いずこの肩の上で、三頭身マルコがえへんと胸を張る。

「じゃあ、行きましょうか。おんぶしてあげるわ」

母親は、景晴をおぶるとしっかりした足取りで歩き出した。

「では、タクシーを呼んでいますので。失礼します」

母親が、去って行く。振り返る景晴に、いずこは凛子と共に手を振った。

「ありがとうございました。大丈夫でしたか？」

入れ違いで、ともくんを抱っこした中野さんが現れた。

「すいません、泥だらけになっちゃって」

メッセージアプリで大体の事情は説明したが、今の姿を見せるとやはり申し訳なくなってしまう。

「楽しかったよ！」

すると凛子が、最高の擁護をしてくれた。満面の笑顔で、全身で喜びを表現している。

「そう、よかったわね」

中野さんは微笑んだ。ほっと胸をなで下ろす。めでたし、めでたしだ。

「映画の人とも会ったし！」

凛子は、最高に余計なことも言ってくれた。

「映画の人？」

中野さんが、不思議そうに目をしばたたかせる。

「え、えーとそれは」

いずこは引きつった笑みを浮かべながら、どう話すべきか必死で考える。ここからが、最高に大変なのかもしれなかった。

『これは素晴らしい！』

マルコが、感動した声を上げる。

『そうね。こういうかつ丼もありなのね』

二人がいるのは、土岐市内のとある食堂だった。あの後わざわざ土岐の宿まで送ってもらい、一泊してから土岐市を観光しているのである。

『てりかつ丼、恐るべきって感じだわ』

かつ丼といえばソース、といういずこの固定観念は今や完膚なきまでに打ち砕かれた。ケチャップをふんだんに使ったてりかつ丼は、実に美味だった。

「そういえば、あんたなんでもっと早く大きくなってくれなかったのよ。さっさと元の姿になって子供を追いかけたりしてくれてたら、あんなことにはならなかったんじゃないの」

『観察していましたが、あの森はさほど危険な森ではありませんでした』

テーブルの上に転がったまま、マルコはそんなことを言った。

『無論危険はゼロではないので、いざという時はすぐ助けるつもりでしたが、できる限りは任せようと思っていました。きっと、あの子たちにとってもいい経験となったことでしょう』

旅人ならではの勘、といったところのようだ。それにしても任せすぎという気もしないでもないが、まあマルコの時代からするとあのくらいの冒険は許容範囲内なのだろう。

『いずこにとっても同様です。わたしが割り込むより、よほど得るものが多かったのではないですか？』

いずこは何も答えなかった。黙々とてりかつ丼を食べる。多分マルコの言う通りなのだが、認めるのは癪だった。

「さて」

残り一つになったとんかつを食べようとしたところで、テーブルの上に置いていたスマートフォンがブルブルと震える。ちらりと見ると、中野さんからのメッセージが来ていた。

『凛子が、大江さんにどうしても伝えたいことがあるというので見てあげてください』

続けて、動画が送られてくる。

『ぜーったい、ぜったいまたきてね！』

再生するなり、凛子の大声が店中に響いた。慌てて音量を下げてから、もう一度再生する。

『ぜーったい、ぜったいまたきてね！』

必死で訴えかけてくる凛子の姿に、いずこは微笑んでしまう。

『分かりました。必ず行くってお伝えください』

返事をして、スタンプをつけると、いずこはホーム画面に戻して、画像SNSのアプリを立ち上げた。

投稿画面を開き、写真を選んでいく。廃線の風景。森の中の景色。サボテンの像。あとてりかつ丼。

『自然の中で、見つけた自分。自分の中には沢山の知らない自分がいて、新しい出会いを待っているのかもしれない』

一言添えて、アップする。ちょっと格好をつけすぎかもしれない。しかし、これでいいのだ。いずこは今回の旅を経てこう思ったから、これでいいのだ。

投稿を終えると、いずこはスマートフォンをしまった。「いいね」がつくかどうか、誰かに返信してもらえるかどうか。今は、そんなことは気にしなくてもいい。自分のことを、自分で表現した。できた。それで、満足なのだ。

『さあ、食べ――えっ』

いよいよラストとんかつに手を付けようとして、いずこは愕然とした。

『はっ！　い、いや美味しすぎて、つい』

そこにとんかつはなく、代わりにお腹いっぱいの丸々としたマルコがいた。

『いずこ、聞いてください。悪気があったのではないのです。ただわたしは――ぐはアッ』

弁解しようとするマルコに、いずこは無言でデコピンを食らわせたのだった。

第3話　若狭《わかさ》で迷子

「この、ふざけた色目人《しきもくじん》めがっ」

一人の男が、怒鳴って目を剝《む》いた。

「大ハーンの寵愛を笠に着て、思い上がったことを」

「馬蹄《ばてい》で踏み潰してくれようか！」

他の男たちも、それに続く。

「まあまあ、いきり立ってはなりません」

しかし、マルコ・ポーロは一切動じなかった。

「わたしは取引に来たのです。戦いに来たのではありません」

落ち着き払い、顎を撫《な》でながら辺りを見回す。

マルコがいるのは、ゲル——草原の民が進歩させた移動可能な家屋である。初めて見た時は仰天したものだが、今ではまさしく我が家のようにくつろげる。彼らの流儀に慣れすぎて、いつか母国に帰る時には困るかもしれないと思うほどだ。

「何が取引だ」

「我々から金を巻き上げようとしているだけだろう」

「色目人など、ひとたび我等が兵を起こせば蜘蛛《くも》の子を散らすように逃げ回るばかりではないか」

マルコを囲む男たちは、いずれも気性の荒さを剝き出しにする。

彼らの祖先が帝国を建て、今の皇帝が漢風に「元《げん》」と号した。その歴史は戦いに貫かれたものであり、彼ら自身もまた同族や他の民族との戦いに幾度となく従軍してきた。敵の命を奪ったことも、数え切れない程あるだろう。男たちの瞳に宿る光の危険さが、そのことを雄弁に物語っている。

一方、マルコはどこまで行っても商人だ。商人は武器を持たない。腕力も、戦闘技術も有しない。今男たちに暴力に訴えかけられれば、ひとたまりもない。

「おやめなさい」

しかし、マルコは堂々とした姿勢を崩さなかった。

「わたしは大ハーンの許しを得て、商いを営んでいます。今わたしを脅すことは、大ハーンに弓を引くのと同義と心得なさい」

十五歳で母の元を離れ旅立ってからというもの、幾多の危険に身を晒《さら》してきた。死を覚悟したのも、一度や二度ではない。商人とて、安穏と生きられるわけではない。ものを売り買いすることもまた、命懸けなのだ。

「さあ、どうなされるか」

言葉に力を込め、男たちを見据える。

男たちは――百戦錬磨のモンゴルの戦士たちは、一様に気圧《けお》され黙り込んだ。気迫で、マルコが上回ったのである。生と死の境目を彷徨《さまよ》うことで鍛え抜かれた心の刃《やいば》が、相手を貫いたのだ。

「ご理解いただけたようですね。それでは、条件を詰めましょうか」

にこりと笑い、マルコは話を進めることにした。

このマルコ・ポーロが本気を出せば、成立しない取引はない。言いくるめられない相手は、いないのだ。

きっかけというものは、大抵の場合些細《ささい》なことである。

「だからさ、冷蔵庫にあるものは何でも食べていいわけじゃないんだけど」

いずこは、ベッドに腰かけて言った。ああ、確かに些細なことだ。しかし、だからといって許せるものではない。

「わたしは既に繰り返し謝罪しました。その数はのべ十一回に及びます」

寝室の入り口に立ったマルコが、くどくどと弁解する。

「そして、与えた苦痛に対する補塡《ほてん》もできる限り行うと明言しています。その数はのべ五回です。しかし、いずこは同じ非難を繰り返すばかりで、どうしたら許してくれるのかという条件を一向に提示しません。非難の数はのべ十五回です。プリン一つに対して、あまりに過剰であるといえます」

「そうやっていちいち数を数えているのが嫌なのよ」

いずこは心の底から呆《あき》れかえった。ダメだこいつ。全然分かってない。

「もう決めた」

いずこは宣言した。

「次の旅行、わたし一人で行くから」

そして口をつぐむ。久しぶりに心のシャッターをがしゃんと下ろす。

「それはお勧めしません。現代のジパングは、わたしの時代の世界よりも遙《はる》かに旅がしやすくなっています。しかし、さほど旅慣れていないいずこが見知らぬ土地を一人で旅することには、やはり危険が伴います」

マルコがわあわあとなにか言っているが、完全に無視する。心を閉ざし、スマートフォンを操作する。画面に映るのは、次の週末に有給を合わせて三連休を取って旅行へ行く先――福井県である。

美味しい食べ物、美しい景色。期待を高めていく。そういえば、考えてみると日本海沿岸へ行くのは生まれて初めてかもしれない。なんだか楽しみになってきた。

「これは今の揉《も》め事がどうこうと言うのではなく、一般論としていずこを心配して――」

マルコの言葉を完全に聞き流し、いずこは旅行のことを考える。

当日。いずこは一人で福井を目指した。マルコは、コンパス型のネックレスと一緒に置いてきている。諦めたのか、マルコはなにも言わずにいずこを見送った。

滋賀県にある米原《まいばら》駅まで新幹線で移動し、そこから特急サンダーバードに乗り換える。こんな格好いい名前の電車があるなんていうのも知らなかった。

今回の目的地は敦賀《つるが》駅。福井県は電車やバスがあまりなく相当な車社会らしいが、いかんせんいずこはペーパードライバーなので、駅周辺から離れてあちこち行くことはしない予定である。

――そもそも福井が旅行先になったのは、何気なく観《み》ていたテレビ番組が理由だった。番組ではマイナーな県代表として、様々な物事が紹介されていた。

「夕刊マン！　そんなのいたんだ！　夕刊ビームって！」

その時丁度アルコールが入っていたいずこは、ひどく笑い転げた。

「やだ、福井面白い。行ってみたい。行こうよマルコ」

横にいたマルコをべしべし叩《たた》きながら、いずこは提案する。

「いいですね、行きましょう！」

マルコは素面《しらふ》だったが、酔っているいずこよりも高いテンションで同意してきた。

それをいずこは、嬉《うれ》しく感じた。何しろ酔っていたし細かいことははっきり覚えていないが、打てば響くようなマルコの反応がとても心地よかったのだ。

胸元に手をやり、空振りする。本来そこにあるはずのもの——コンパスのネックレスがないのだ。何となく、手元が寂しい気がする。

——喧嘩《けんか》の主な原因は、いずこが楽しみにしていたプリンをマルコが勝手に食べたことにある。素直に謝ればいいものを、「賞味期限を迎えたので、いずこは存在を忘れていると判断しました」だの何だのと言い訳するので、怒ってしまったのである。

こうして離れてしまうと、何だか怒りすぎたような気がしてくる。所詮何百円かのプリンである。大目に見てもよかったのではないか。

「——いやいや」

甘やかしてはいけない。マルコが人のものを勝手に食べるのは、今回が初めてのことではない。いずこが怒っているのに言い訳ばかりする姿勢も気に入らない。これでいい。これでいいのだ。

「だめだめ」

いずこは気持ちを切り替える。せっかくの楽しい旅行なのだ。あんなヤツのことは忘れて、思いっきり楽しもう。

何しろ、今回の旅行は普段よりもお金がかかっている。給料日の後ということもあって懐《ふところ》に余裕があるので、ちょっといい旅館を予約したのだ。晩ご飯には、海の幸をふんだんに使ったコース料理が出るのである。日本海がいずこの胃袋を満たしに来るわけだ。

日本海と正面切って戦うため、いずこは今日ほとんど断食状態でお腹《なか》を減らしていた。美味しい食べ物を、お腹いっぱい食べてやる。マルコめ、ざまあみろである。

そんなこんなで、いずこは敦賀駅に到着した。

「おおー」

まずインパクトがあるのが、駅そのものの外観である。とてもモダンなのだ。一応下調べでどういう感じなのかは知っていたが、実際に見てみると全然違う。綺麗《きれい》で、かつ近未来的な佇《たたず》まいがある。駅前のロータリーなど、中心部分がソーラーパネルになっている。時代に取り残されないぞ、という気概の表れだろうか。

一方で、遠くを見回してみると山が見える。福井で山が見えない場所はない——なんて冗談交じりに地元の人が言っているのをネットで見かけたが、あながち外れていないのかもしれない。

「あっ！　すごい」

街を歩き始めて、まず驚いたのが信号である。縦向きなのだ。これは雪が積もって信号機が壊れてしまうことを防ぐためらしい（横向きだと沢山雪が乗ってしまうわけだ）。テレビ番組では南で接している滋賀から北上して、どの辺りで信号が縦になるかということを検証していた（福井に限らず、雪国ではそうなっているのだそうだ）。

なんだか、気持ちが浮き立ち始める。「旅に来た！」という手応えがある。いつもと違う非日常に飛び込んだ感じが凄《すご》いのだ。

いずこは歩み出す。そう、マルコがいなくたって大丈夫なのである。いずこは、一人で旅行を楽しめるのだ。

「都怒我阿羅斯等——全然読めない！　すごい！」

駅前の商店街、その入り口辺りに立っている像でハイテンションになる。敦賀という名前の由来になった人で、台座についている説明板によると都怒我阿羅斯等《つぬがあらしと》と読むらしい。出で立ちは、埴輪《はにわ》とかが身につけてそうな感じの鎧《よろい》である。顔は無表情なのだが、フレンドリーに手を上げている。そのギャップが面白くて写真を撮りまくる。

「銀河鉄道999だ！　すごい！」

商店街を行くと、歩道に等間隔で銀河鉄道999のキャラクターや列車の像が並んでいた。

別に作者が敦賀出身だとかそういうことではなく、近未来をイメージして再開発したので近未来な作品とコラボしようと話を持ちかけ、実現に漕ぎつけたらしい。何という行動力。これまた面白いので写真を撮りまくる。

「ちょっとそこのお姉さん」

いざ歩き出そうとしたところで、いずこは声をかけられた。

「はい？」

振り返ると、そこには一人の女性がいた。年の頃はいずこより少し上くらいか。Tシャツに履きこまれたジーンズ、そしてちょっとタフな感じのウォーキングシューズ。髪は手軽に後ろでまとめている。背中にはリュックというよりはバックパックといった雰囲気の大きな荷物を背負っている。一目見て、旅人だと分かる。

「旅行ですかな?」

切れ長の瞳をふっと緩め、女性が聞いてきた。

「あ、はい」

いずこは驚きながら頷《うなず》く。一目見て旅人だと分かる人は、他の旅人のことも一目見て分かるのだろうか。

「やっぱりねえ。めっちゃ写真撮ってたからねえ」

女性は、そう言って笑った。単にいずこの行動が分かりやすかっただけのようだ。恥ずかしい。

「わたしは行方咲楽《なめかたさくら》。行方不明の行方でなめかたで、咲いて楽しいでさくらね」

お姉さんは気さくに名乗ってきた。

「わたしは、大江《おおえ》いずこです。普通の大江に平仮名のいずこです」

いずこも名乗り返す。通りすがりに出会った人に、名乗って挨拶する。普通に過ごしていたらまずないシチュエーションだが、女性の——咲楽の雰囲気に乗せられてしまった。

「いずこさんかあ。素敵な名前だね。旅人にぴったり」

にかっと咲楽が笑う。釣られていずこも笑ってしまう。雰囲気に巻き込まれても、嫌な感じがしない。名前の通りに楽しいオーラが全身から溢《あふ》れていて、しかも押しつけがましくない。

明るくポジティブな人間というのは、往々にして身勝手一歩手前の奔放さでこちらを引きずりまわしたりするものだが、咲楽は違う。自然体なのである。そう——まさしく自然に吹く風のような、のどかでのんびりした心地よさがある。

「敦賀は——というか、福井は初めて？」

咲楽が聞いてきた。

「はい、そうなんです。旅行によく行くようになったのは最近で、日本海側とか北陸っていうのも初めてで」

正直に答える。ビギナーにもほどがあると笑われるかと思ったが、

「おー、そかそか。案内してあげよか？」

むしろ咲楽はそう言ってくれた。

「え、と」

嬉しい申し出だ。しかし、いずこには引っかかっている言葉があった。

——さほど旅慣れていないいずこが見知らぬ土地を一人で旅することには、やはり危険が伴います。

「いえ、大丈夫です」

そう言ってから、いずこは慌てる。ビギナー丸出しの答えをしておいて、断るとは何事

だろう。

「あ、なんか怪しんでるとかじゃなくて。ちょっと、せっかくだから一人で冒険してみたいなって感じで」

「うんうん。分かる分かる」

咲楽は、気を悪くした様子もなく微笑《ほほえ》んだ。よかった、とほっとするいずこである。

「まあ、無理のない程度にね。——あ、連絡先交換してもいい？　お近づきの印に」

そう言うと、咲楽はスマートフォンを取り出した。

「あ、はい。喜んで」

いずこもスマートフォンを手にし、咲楽が画面に表示させたＱＲコードを読み取る。これで、咲楽のメッセージアプリのアカウントが登録される。

「それじゃ、また。あたしはしばらくここいらにいる予定だから、よろしくね」

そういうと、咲楽は手を上げて去って行った。

「ありがとうございました」

それに会釈を返しつつ、いずこは自信を深める。なんだ、やっぱりできるじゃないか。自分は、一人で旅行できるのだ。マルコにいちいちついてきてもらわなくたって、大丈夫なのだ。

まずは、金ケ崎《かねがさき》城跡である。

「敦賀に行くの？　じゃあ金ケ崎城跡だよ」

そんなことを言ったのは、例によって西村《にしむら》だった。

「前に大河《たいが》でも取り上げられてたけどさ、金ケ崎って光秀《みつひで》の晴れ舞台なんだよねー」

土岐《とき》に続いて大河の話である。お前の選定基準には大河しかないのかという感じである。

「なるほど、行けたら行ってみますね」

しかし、面と向かって西村の引き出しの少なさを指摘する度胸もなかったので、いずこは曖昧にお茶を濁した。

「えー、それってあれでしょ？　関西人が行かない時に使う言い方でしょ」

いずこは関西人ではないのでその理屈は当てはまらないのだが、西村はしつこく確認してくる。

「分かりました、行きますね」

仕方なしにいずこがそう答えると、西村はニコニコ笑顔で言ってきた。

「写真、楽しみにしてるよ。こう、いにしえの侍感溢れる写真が見たいな」

結論から言うと、そんなもの撮れやしないのだった。「史蹟《しせき》　金ケ崎城跡」と彫られた石碑が建っていたり、社みたいなのがあったりという感じで、別にサムライしていないのだ。

更に言うと、全体的にとても「山」である。金ケ崎の戦いというのは、信長《のぶなが》が越前《えちぜん》の朝倉《あさくら》と近江《おうみ》の浅井《あざい》勢にこてんぱんにやっつけられ、秀吉《ひでよし》と光秀の奮戦で辛《から》くも逃げ延びたという戦いらしいが、二人とも本当に苦労したんだろうなあなんてことを思う。

調べてみると、お城の様々な部分が跡という形で残っているらしいので、撮影して回ってみる。

『ジパングの城というのは大変興味深いですね。我々の知る城とはまったく異なる形や理論に基づいて造られています』

ふと、マルコが城について調べてハイテンションになっていたことを思い出した。

『なるほど。堀切《ほりきり》というのは尾根を断ち切って、敵の侵入を遅らせるための仕組みなのですね。山が多いジパングで防衛拠点を作るにあたっては、大変効果的な備えですね』

金ケ崎城跡に行くと言ったら、通販で何冊も本を買って調べ始めたのだ。

『曲輪《まげわ》というのは、区画のこと。本丸は、最も中心的な役割を果たす曲輪《まげわ》のことで——あれ？　これ、曲輪《くるわ》と読むのですか？　う、うーむ。ジパングの漢字の読み方は、時としてわたしを幻惑します』

『日本人からして幻惑されるからねー。人の名前とか地名とか、読めないのは本当に読めないし。——へえ、お城の跡に行くことは攻めるとか言ったりするんだ』

勝手に買われて怒ったりもしたが、いずこはいつの間にか一緒になって本を読んでいた。

『出入り口を虎口《こぐち》と読むそうですが、これも納得いきません。これは虎口《ここう》と読んで、危険な場所を意味する言葉のはずです。なぜジパングの人々は、同じ熟語をまったく違う風に読んでまったく違う意味を持たせるのか。なぜそれを読み分けられるのか』

『ノリよ、ノリ。風邪引いてる話の時に寒気って出てきたら、これは上空に寒気《かんき》が流れ込んだなとか思わないでしょ。そんな感じで大体で読んでるの』

『風邪もそうです。風は一文字で風なのに、なぜ邪という字をつけてまだかぜと読むのですか。辻褄《つじつま》が合いません』

まったくもって他愛ない会話だし、脱線もしまくりだ。だが、割と楽しかったような気がする。

「――って、いやいや」

なにが楽しかったような気がする、だ。今いずこは一人旅をしているのだ。マルコのことを考える必要など、どこにもないのだ。

「さて、次々！」

あえて声に出してそう言うと、いずこは歩き出した。次の目的地に向かうのである。

「気比《けひ》の松原《まつばら》、きたー！」

海から吹きつける潮風を浴びながら、いずこは浮かれた声を上げた。

見たり聞いたりしたことはあるが、行ったことはないし詳しくは知らないという観光名所は沢山ある。金閣寺《きんかくじ》や浅草《あさくさ》のデカいちょうちんみたいなアレだ。気比の松原も、そんな場所の一つだった。

　敦賀市にある、日本三大松原の一つ。国指定の名勝で、古くは万葉集の頃から歌に詠み込まれるなど有名である。

　海岸から見てみると、とても素敵な眺めだった。夏は市営の海水浴場として開放されるので混むこともあるらしいが、今はさほどではなく、人もまばらだ。スマホのカメラを辺りに向けても、人が入り込むことがない。ファインダーの向こうには、気比の松原だけが広がっている。

　風景の中で、自分が一人きり。世界を貸し切っているような、そんな満足感。マルコがいたら、なんと言うだろう――

「いやいや」

　いずこは口に出してそう呟《つぶや》いた。どうしてここでヤツのことを考えねばならないのか。今は自分の一人旅なのだ。マルコに邪魔される筋合いなど、どこにもないのである。いずこは気持ちを無理やり切り替えるためにも、場所を移動することにした。

　林の中に作られた道を、歩き回る。森林浴という言葉があるが、なるほどこれは「入浴」だ。降り注いでくる鳥のさえずりや葉擦《はず》れの音が、立ち上る森の香りが、いずこをお湯や湯気のように包み込む。

生えているのは松原というだけあってみな松なのだろうが、見ていると一本一本が違う。面白い形の松があったのでスマートフォンで撮影し、ふと思い立ってメッセージアプリで咲楽に送ってみることにした。

『今、気比の松原です。こんなの見つけました！』

『おー、よく撮れてるねぇ』

少ししてから、返事が返ってきた。

『写真上手だね。好きなの？』

そんな風に褒められると、嬉しくなってしまう。

『たまにここに上げてるんです』

調子に乗って、画像SNSのアカウントを貼ってみた。ちょっと、どきどきする。

『おー。わたしもやってるからフォローするね。見るだけなんだけど（笑）』

続いて、「sakura_nametake」というアカウントにフォローされたという通知が来る。

IDからして、咲楽だろう。

『いい写真沢山だね。これからも楽しみにしてるよ』

咲楽は、更に嬉しい反応を返してくれた。

『ありがとうございます！』

お礼を言って、フォローを返しに咲楽のアカウントを見に行く。彼女の言う通り、特に写真はアップされていない。アイコンは、鉛筆で書いたような亀の甲羅だった。ユーモラスで、呑気《のんき》な気持ちにさせられる。

『気比の松原かー。いいよね。今の時期だと人もあんまいなくて、ゆっくり過ごせるし』

また、咲楽からメッセージが来た。

『他にはどこに行く予定？』

うっ、と詰まる。実のところは、金ケ崎城跡と気比の松原以外はあまり考えていなかったのだ。京都や愛岐《あいぎ》トンネルの後も何度か近場に出かけていったが、いつも大まかに行く場所を決めて、後は現地でマルコと話しながら歩き回っていたのだ。

『そうですねー、もう少し足を延ばす予定です。まだ具体的には決めてないんですけど』

気がつくと、そんな風に返信していた。マルコなしだと行き場所も決められない、なんてことはないのだ。

『車あったら良かったのにねえ。三方五湖《みかたごこ》とか、初心者向けだと思うし』

打ちかけた「どこかお勧めありますか？」という文章を消してしまう。――初心者向け。咲楽は悪くない。見るからにビギナーのいずこに、経験を元にいいところを教えてくれただけのことだ。

三方五湖、なるものを地図アプリで検索する。どうやら、ここから西に位置していて、文字通り湖が五つあるらしい。そこら辺が、若狭《わかさ》という地域のようだ。

指で三方五湖の周辺をぐりぐり動かしてみる。確かに旅行歴は短いけれど、結構濃い経験を積んできたと思う。ちょっと披露してみよう。

しばらくあっちこっちをふらふらしたところで、いずこはよさげなところを見つけた。

ただ地図で見るだけではなく、検索エンジンで検索してどういう場所かも確認する。慎重に調査検討を経てから、決定する。

『実は、三方石観世音《みかたいしかんぜおん》の奥の院というところに行こうかな？　とか思ったりしています』

若狭には三方石観世音という山寺があって、その本堂より更に進んだところに奥の院なるものがあるらしい。何だかホラ貝を持った修験者が修行しているイメージが浮かぶが、参道も整備されていて普通に歩いて辿《たど》り着けるようだ。行った人のブログにもそうあるし、大丈夫だろう。

『へえー、片手観音か。渋いところを選んだね』

咲楽は驚いているようだ。少し得意になる。これまでの経験もあって、旅先の情報を見極める眼力も身についてきたのかもしれない。

『それじゃ、行ってきますね』

そう打ち込んだところで、ぐうとお腹が鳴った。自分でびっくりする。こんな漫画みたいなこと、滅多に起こるものでもない。

どうしようか、と考える。なにか少し食べようか、という気もする。しかし、それをやったら負けではないかという思いもある。

それに、実のところ空腹感自体はあまりないのだ。普段はお腹が空《す》くとあまり我慢できないタイプなのだが、今日に限っては平気なのである。

『はいな、気をつけて』

『はい！　晩ご飯奮発するつもりでお腹減らしてるので、早めに帰ります～』

返事をすると、いずこは歩き出した。脱水にならないように、水だけは飲んでおこう。

そうすれば、大丈夫なはずだ。

都合のいいことに、お寺は三方駅という駅の傍《そば》だった。電車はなんと二両編成。毎日その五倍以上の数の車両に詰め込まれて通勤するいずこからすれば、もうこれだけで旅気分満点だ。

『二両編成の電車、初めて乗りました！』

咲楽にメッセージを送りつつ、いずこは車窓の外を撮影したりする。

二両編成だからといって混み合っているわけでもなく、電車の中はとても空いている。高い建物があまりない外の眺めと合わせて、実にのどかだ。東京区部の人間であるいずこにとって、電車とはいつでも人でいっぱいの乗り物である（一時期ががらになったこともあったが）。何もかもが新鮮だ。

三方駅につくと、意気揚々とお寺に向かう。駅から直線のようだが、念のために地図アプリで経路を表示しながら移動する。

しばらく歩くと、道路を挟んで右手に緑色の看板が姿を現した。看板には「三方石観世

音　弘法大師一夜の御作」とある。ネットで調べた情報によると、本尊を弘法大師《こうぼうだいし》が一晩で作ったという伝説があるらしい。

看板の先には、坂道が続いている。それを見上げると、いずこは気合いを入れた。

「ようし、登るぞ」

お寺というのは、石段やら坂やらを登っていくことが多いものである。やはりありがたい場所には、それなりの手順を踏んで行った方がありがたみがあるというものだ。

――などという敬虔《けいけん》さも、最初のうちだけだった。

最初の内は参道の両脇は民家だったのだが、途中から林になった。山に入ったのだ。木々は高々と伸びているというか、鬱蒼《うっそう》としていると表現した方が近い。一気に外界と隔離され、空気が一変する。辺りに人がいないこともあり、そこはかとない怖ささえ感じる。仏像や灯篭《とうろう》、弘法大師の姿を彫った石碑など、参道沿いには色々なものが備え付けられていた。初めのうちは写真を撮っていたが、段々それもおろそかになっていく。一体なぜか。

「――し、しんどい」

そう、しんどいのである。

旅行をするようになってから歩く量も増え、随分と体力がついた（ちょっとスリムになるという嬉しい効果もあった）。しかし、この坂はキツい。何だか、普段よりも余計に体力を消耗するような気がする。六〇〇㎖のペットボトルのお茶を二本用意していたのがせめてもの救いだった。さもなければ、脱水を起こしていたかもしれない。

ひいこらと歩いているうちに、「大悲山《だいひざん》　石観世音」と大きく彫られた石碑が現れた。傍には観音川《かんのんがわ》というそのままな名前の川が流れていて、小さな橋が掛けられている。この川を渡ればいよいよお寺かと思いきや、その先もまだ坂だった。相当に丁寧に手順を踏んでいるわけだが、もはやいずこの心に敬虔な気持ちは消え失せていた。

「――もう、邪魔！」

飛んでくる虫に、八つ当たりしたりする。山の中だけあって、虫の量が半端ないのだ。しかし、参道で八つ当たりとは罰当たりである。八つ当たりで罰当たり。リズミカルに韻を踏んでラップみたいな感じが出てきた。

しかし足取りは軽快にならない。むしろ他に人がいたら警戒されてしまいそうなほどのろのろとした進みだ。

「つ、つまらん」

無理に韻を踏んでみたが、やっぱり駄目だった。ダジャレレベルである。余計なことを考えずに歩いた方がまだマシだろう。

というわけで、いずこは進んだ。十二、三重はありそうな石塔、弘法大師の石像。正徳《しようとく》年間（調べると十八世紀頃のようだ）に鶏の鳴き声を上げたという妙法石《みようほういし》、山の斜面で見つかったという百体以上のお地蔵様。お寺に関する様々なモニュメントが、次々と姿を現す。

観音川は参道の脇に沿う形で流れていて、涼しげな雰囲気をもたらしていた。それらを味わいながら登れば、きっと実りあるお参りになるはずだ。しかし、今のいずこに参道の風景を愛《め》でるだけの余裕はなかった。

「ついた!」

コケコッコーと鳴くらしい石と大量のお地蔵様の先に、ようやくいずこは本堂前の石段を見つけ出した。

石段はそう高くない。せいぜい二十段かそこらだ。ここで何百段という石段が出現したら心がへし折れるところだったが、弘法大師もそこまでむごくはないらしい。

一歩一歩踏みしめるようにして、石段を登る。するとそこは広場のようなスペースで、その奥にまたしても石段があった。今登ったものより更に長い。

「二段構え!」

よれよれの悲鳴が出る。やっぱり弘法大師は情け容赦なかった。「かーっ!」と木の板ではたかれたような気分だ。いや、あれは弘法大師とは別の宗派の修行だったか。

いずれにせよ、ここまで来て引き返すわけにはいかない。皮を九割まで剝《む》いたゆで卵を食べずにごみ箱へ放り込むようなものだ。いずこは必死の思いで二つ目の石段も登りきった。

「つ、ついた」

ようやく、本当にようやく境内に到着である。まったく大変だった。これ以上山登りが続いたら、悟りを開いていずこ大師になってしまうかもしれないところだった。

境内は正面に本堂があり、右側にもお堂がある。いずれも歴史を感じさせる、木造の建物だ。左側には手水場《ちょうずば》や社務所のような建物があって――

「ひゃっ！」

いずこは首を竦《すく》めた。突然、カーンという音が響いたのだ。いずこが心の中で悪口を言ったことに気づいた弘法大師が、怒って仏罰を下しに姿を現したのだろうか。

「――なんだ、これか」

なんてことはなかった。音の発生源は、鹿威《ししおど》しだったのだ。右側のお堂の少し手前にある。きょろきょろしていて、存在を見落としていた。

歩み寄って、写真を撮ってみる。しかしとんでもない音だった。時代劇とかの効果音だと控え目な音量と響きだが、この鹿威しは本当に鹿が逃げ出しそうな爆音である。

『お堂には着いたかい？』

咲楽から、メッセージが来た。

『着きました！』

へろへろになっていることは伏せて、短く返す。

『いいダイエットになってます(笑)』

これは、余計な心配を掛けないためである。見栄《みえ》を張っているのではない。断じてない。

『無理は禁物だよ』

咲楽は特に疑わなかったかそれだけ言うと、違う話を始めた。

『ところで、そこのお堂面白いでしょ。手が一杯あって』

言われて、改めてお堂を見てみる。右側のお堂に、木でできた手や足が沢山供えられていた。普通の絵馬も掛けられているのだが、手足のインパクトが大きくてぱっと見気づかないほどだ。

『手足の病気に御利益があるんでしたっけ』

弘法大師が一夜で彫った本尊は右肘から下がないらしく、それもあってか手足の病を治してくれるという風になったのだという。

ちなみに未完成な理由は、彫り終える前に鶏が鳴いたので、弘法大師は作業を止めて下山したからららしい。弘法は筆以外にも作業のスケジューリングでも誤りがあるのだなあという感じだが、あまり失礼なことを考えて罰が当たっても困るので程々にしておく。

『おばあちゃんが手の調子よくないし、代わりにお祈りしておこうかな』

むしろ、積極的に御利益を授かりたい。埼玉に住んでいる母方の祖母がリウマチで、手が徐々に開きにくくなって大変だという話をしていた。

『偉いねえ。感心感心』

そう言って、咲楽がスタンプを貼ってくる。返そうとしたところで、バッテリーの残りが少なくなっていると画面に表示がされた。

考えてみると、写真は撮るわ経路検索はするわ、分からない元号があれば調べるわと使いまくっていた。かなり長く使っているスマートフォンだし、バッテリーが減ってしまうのも無理ないことかもしれない。モバイルバッテリーに繋《つな》いで充電しなければ——

『ところで、奥の院どうする？　やっぱ大変じゃない？』

そこで、咲楽が聞いてきた。

「大丈夫です、行けますよ」

いずこは、咄嗟《とっさ》にそう答えてしまった。正直、ここまで来るのも大変だったのだからやめたってよかった。弘法大師だってダメだとなったら途中でやめたのだ。いずこがそれにならっても、なんら恥じるところはない。

『おばあちゃんの分のお祈りしたら行きますね』

だというのに、いずこは自分から退路を断つ。まあ、多分大丈夫だ。ここまで来るのも大変だったというのは、裏を返せば大変だったけどここまで来られたということなのだ。きっと、奥の院なるところにもどうにかこうにか辿り着けるはずだ——

——その見通しは、甘かった。

「なに、これ」

いずこは、巨大な建築物を前に立ち尽くしていた。様々な石を積み上げた外見は、城の石垣のようである。見上げるほどの、圧倒的な高さだ。

石垣に似てはいるが、異なる部分もある。真ん中部分に隙間が空いており、そこから水が流れ出している。観音川だ。せき止めないように、流せる作りになっているようだ。

「砂防、ダム」

いずこは、手前にある標識を読み上げる。ニュース等で見たことがある。土砂災害を防ぐために造られるものだ。つまり土砂崩れが起これればこの石垣で土砂を受け止めるということであり、起こると想定されている土砂崩れはこれほどの石垣でないと受け止められないものだということなのだ。なんだか、身が竦《すく》む。

――奥の院への道は、本堂の後方に続いていた。「右奥の院道」（平仮名の部分は崩し字か何かで読めなかったので推測である）という石碑があり、そこから進むという経路である。

道のりは、予想よりも遙《はる》かに「山」だった。最低限舗装されているし、ガードレールもついている（つまり車で入ることが可能なのだろう）。しかし周囲は木々に囲まれていて、何かの動物の叫び声のようなものが聞こえてくる有様だ。そこへ来て、この砂防ダムである。圧倒されるなという方が無理な話だ。

「大丈夫、なのかな」

不安が湧き上がってくる。これ程までに剝き出しの自然に分け入っていくのは、初めてのことだ。相変わらず自分以外に人間の姿はないし、怖くないというと嘘《うそ》になる。

「大丈夫、大丈夫だよ」

そう自分に言い聞かせる。独り言が増えている時点で、普通の精神状態ではない——理性がそう指摘し、再検討を促してくるが、あえてそれを無視して先へと進む。今更、後には引けない。

道は時にヘアピンカーブの様相さえ呈しながら、相変わらずの勾配でいずこを上へ上へと連れて行く。

山道の左側には、観音川が並走するような形で流れていた。のどかな下流の方と異なり、大きな石というか岩がゴロゴロ転がっていたりして、渓流と表現した方がいいような野性味がある。

川の向こう側は、山だ。遠くから見ると一つの塊として見える山だが、ここまで近づくと表情が全然違う。

右側を見ても、やはり山である。川を挟んでいない分、斜面がビビッドに迫ってくる。

斜面には、所々剝き出しになっている箇所があった。丁度、上の方からざっくりと削れる形である。最初見た時は「誰かが上からエネルギー波的なものを撃った感じだな」などと呑気なことを考えていたが、砂防ダムと合わせればそういう異能バトルが繰り広げられたわけではないと分かる。剝き出しになっているのは、斜面が崩れた跡だったのだ。

「——うわ」

上りに上り、砂防ダムを上から見下ろすところまで来て、いずこは呻《うめ》いた。——深い。とても深い。何々のよう、と簡単に喩《たと》えられないほどの高さである。

覗《のぞ》き込んでいると、何だか吸い込まれそうだ。怖くなっていずこは目を逸《そ》らし来た道を振り返る体勢になる。

そして眼前に広がる景色に、今度は呻くことさえできなくなった。

見えるのは山と、そして彼方《かなた》の湖。おそらくは、咲楽が言っていた三方五湖のどれかだろう。

美しい眺めである。木々と水面《みなも》の対比は、まさに雄大な自然そのものといった趣だ。

問題は、それしか見えないことだった。建物も、電柱も、何もない。先ほどの寺さえ見えない。人間の痕跡といえば、砂防ダムとガードレールくらいだ。本当に、大自然の中に独りなのである。二十何年間生きてきて、ここまで文明社会から孤立したことは未だかつてなかった。

もしかしたら、道に迷ったのではないか。そんな不安が湧き上がってくる。スマートフォンのGPSで、現在地を確認してみた方がいいかもしれない。

いずこはスマートフォンを取り出し、スリープを解除しようとする。しかし、電源ボタンを押してもうんともすんとも反応しない。

まさか壊れてしまったのかと焦ったが、そう言えばさっきの本堂の時点で充電が切れかけていた。モバイルバッテリーで充電しよう。

「——え」

リュックに手を突っ込み、いずこは凍りついた。モバイルバッテリーが、ない。

慌ててリュックを地面に置き、しゃがみ込んで探す。まさか、まさか——ああ、そのまさかだ。モバイルバッテリーを、家に忘れてきた。京都に続いてまたである。自分で自分に腹が立つ。

「どうしよう」

いよいよ、諦めて帰るべきかもしれない。ビギナーであることを潔く認め、ついでにドジであることも反省し、出直すべきタイミングなのかもしれない。

「——まだまだ」

しかしまたしても、いずこは前進を始めた。始めてしまった。

マルコの言葉が甦《よみがえ》る。頭の中で、そんなマルコに反論する。自分だって、やればできる。へっぽこなんかじゃない。そのことを、分からせてやる。

——ふと、思う。反論している相手は、マルコだけだろうか。初心者扱いされたくないのは、力を軽く見られたくない相手は、マルコ以外にもいるのではないのか。

なにしろマルコは、いずこを初心者と表現することはあってもへっぽこと見下すことはない。へっぽこではないと証明したいのは、果たして——誰に対してなのか？

「関係ない」

考えかけて、打ち切る。考えない方がいい。きっと、行き着く答えはろくでもないものだ。

「おし！」

いずこは、気合いを入れ直して歩き出す。行き着くべきは、最初に決めた目的地だ。目的を立てて、それをしっかり達成できると、証明するために。

しばらく進むうちに、観音川が二股に分かれた。それまでの流れに加え、丁度片仮名のトのように道の行く手に回り込むような流れが増えたのだ。

そちらには、石造りの簡単な橋が架けられている。渡ったところで、右手の斜面に建造物があった。

「――鳥居?」

そう、鳥居である。木々に隠れるようにして、石で造られたのだろう鳥居があったのだ。普通「ナニナニ神社」と名前が書いてあるあの額縁みたいな場所には、「天坊」とだけ記されている。

疲労のあまり無に近づいていたいずこの心に、希望の火が灯る。天坊というのが何のことやら分からないが、とりあえず奥の院への手がかりっぽい感じがする。

意気揚々と、いずこは鳥居をくぐった。その先には、木で作った階段のようなものがあり、斜面を登れるようになっている。かなり急だし、足場も剝き出しの地面で歩きづらいのだが、気分が前向きになったこともありいずこはもりもりと踏破する。

斜面を流れ落ちる川は、ざあざあと派手な水音を立てていた。確かに流れは急だが、それにしても音が大きい気がする。一体どういうことだろう――

「――あっ」

進むにつれ、その音の正体をいずこは目《ま》の当たりにした。

「滝だー!」

そう、それは滝だった。幾筋にも分かれ、ゴツゴツした岩肌を滑るようにして落ちている。

悠久。二股に川が分かれたのではなく、この滝の水が観音川に流れ込んでいるのだろう。

いずこはそんな言葉に思いを馳《は》せる。どれだけの水が、どれだけの間流れ続けたのだろう。誰に見られることもなく、誰に見せるつもりもなく、ただ流れ落ち続けるために流れ落ちる滝。この作為のなさ、打算が存在しない姿こそ、真の自然というものなのかもしれない。

これはとんでもない気づきを得た。今のいずこならあるがままの美の真髄を見抜き、侘《わ》びさびの境地に達して立派な茶人になったりできるかもしれない。

とはいえ、ここで目指すべきは二十一世紀の千利休《せんのりきゅう》ではなく目的地――奥の院だ。

「行くか!」

疲れは吹き飛んでいた。落ちる滝を見てテンションが上がるというのも妙な話だが、ともかくいずこは再び前進する気力を得たのだった。

後の道のりは、順調ではなかった。いやむしろ大変だった。

相変わらず勾配がきつめの上り坂だし、ガードレールや柵もなくて斜面が剝き出しになっている場所も増え始めた。獣道までとはいわないが、人間が滅多に行き交わないことは明白だった。なにしろ、道のど真ん中にぶっとい枝が落ちていたりするのだ。

枝をどけ、ペットボトルのお茶を時々飲みながら、いずこは進む。滝から一時的に得た空元気がなくなり、元のへろへろいずこに戻る前に到着するのだ。

どれだけ登っただろうか。いずこはついに奥の院らしき建物に辿り着いた。

「わあ――」

奥の院は、赤い柱を駆使して建てられていた。もっと古びた祠《ほこら》みたいなのをイメージしていたのだが、思っていたよりも新しく、色鮮やかだ。

「――ほんとすごい！」

そしてその脇には、またしても滝があった。

滝と聞いてイメージしがちな、切り立った崖から縦に水が落ち、下でお坊さんが修行しそうな感じのものではない。もっと斜めで、幾筋にも細かく分かれるようにして流れている。その複雑さは、どこか芸術的でもあった。

言葉を失う。何か感じている――それもとても深遠な何かを。しかし、言語という形で表現できない。目の前の眺めは、いずこが言葉で考え表す力を上回ってしまっているらしい。

スマートフォンの電源が入っていないことは、あるいは幸いなのかもしれなかった。写真という形で残してしまうと、画像という形で保存してしまうと、今五感で体験している何かはひょっとしたら失われてしまいかねない。それら全てを収めきる撮影技術を、いずこには持ってないからだ。

「——あ」

どれだけ立ち尽くしていただろう。いずこは我に返った。滝だけ眺めているのもいいが、奥の院も見ておかないと。そう何度も来られる場所ではない。今の内に、見られるものは見られるだけ見ておきたい。

「さむ」

建物に入った途端、急にひやりとしたものを感じた。奥の院は高い木々に囲まれるようになっていて、日があまり当たらないせいだろうか。また、滝がもたらす大量の水によって熱が奪われているところもあるかもしれない。

中は、外から見た印象通りに四阿《あずまや》風味の作りだった。大きめの公園には屋根とベンチがついたスペースがあるものだが、あれになんとなく似ている。

滝と反対側は一面壁になっていて、腰かけるための椅子というかベンチのようなものが端から端まで取り付けられていた。今は人がいないので、脚立や箒《ほうき》が代わりに横になっている。

壁の上の方には、神社によくあるお布施をした人の名前を書き連ねた札が掲げられていた。やや暗い上に消えかかっていて読めない箇所も多いが、沢山の人の名前が並んでいる。地元の人に、大切にされているのだろう。

翻って滝の方を見てみる。こちらは壁ではなく、柱で屋根を支えるつくりだ。滝が見えるようにするためだろうか。

線香を上げられるようにもなっているが、滝のせいで湿気ている様子だし、そもそも着火するアイテムをいずこは持っていなかった。

その前には、紐《ひも》がぶら下がっている。寺社仏閣ではお約束の、あれだ。見上げてみると鈴がついている。せめて、これをがらがら鳴らしておこう。

「――ん？」

いずこは紐を手にし、ふと動きを止めた。鈴の傍、横組みの柱に何か額が掲げられている。やはり暗いが、黒々とした墨で書き付けられているので判読自体はさほど難しくない。

文字は、四文字。「大坊魔王」と書かれている。

「魔、王」

思わず口にして、その言葉に自分で怯《ひる》む。

魔王。さすがにこれはちょっとビビってしまう。いずこの知っている魔王――魔王城にいて勇者のパーティと戦う魔王や、お父さんお父さん聞こえないのと叫ぶ子供に何か言う魔王とは別物だろうが、それでも魔の王に変わりはないはずだ。迂闊《うかつ》にやって来てよかったのだろうか。

紐を手にしたまま、いずこは固まる。下手に鳴らして、魔王が召喚されたらどうしよう。常識的に考えればありえない話だが、笑い飛ばすことがどうしてもできない。何しろ今いずこの近くには、マルコ・ポーロを自称し三頭身に縮んだり元に戻ったりする得体の知れない存在がいるのだ。魔王がいたって、おかしくない。

ざあざあ、と。滝の音が、辺りを埋め尽くしている。今や、いずこにはそれが異なる響きに聞こえていた。絶え間なく響き続ける音が、何か異界へと導く効果を発揮しているかのようにさえ思えてくる。

下の鳥居には、天坊とあった。こちらの額には大坊とある。一本線が足りない理由は何だろう。考えても分かるわけがない。分かるわけがないから、より怖くなる。分からないという事実が、更なる不安を煽《あお》り立ててくる。

ひゅう、と風が吹く。肌寒い。先ほどはひんやりしている程度の話だったが、今は違う。冷えている。もうそんな季節ではないのに。

いや、違う。そんな季節ではない、というのはいずこの感覚にすぎない。

関東の一部地域に住む人間にしてみれば、もう暖かい時期だ。しかし、ここではこの寒さが常識なのかもしれない。いずこは北陸を――舐《な》めていたのかもしれない。

いずこは、ついに紐から手を離した。目的は果たした。いい眺めも堪能できた。もう十分ではないか。

奥の院から出て、歩き出す。もう行こう。宿にチェックインして、美味しい晩ご飯をお腹いっぱい食べよう。そして、温かい布団で寝よう――

「――えっ」

いずこは戸惑う。急に、力が抜けたのだ。立っていられなくなり、その場でしゃがみ込んでしまう。

「なに、これ」

自分でも意味が分からない。突然、糸の切れた操り人形のように動けなくなったのだ。無論いずこは糸で操られて動いているわけではないので、体に異変が起こったことになる。しかし、自分では思い当たる節がない。病気？　怪我？　あるいはそれ以外の——何か？

——大坊魔王という文字が、魔術のような雰囲気を伴っていずこの脳裏に甦る。まさか、でも、そんな。

手が震える。恐怖ゆえか。止めようとしても、止められない。

「どう、しよう」

いずこの呟きは、どこへも届かない。滝は変わらずその音を響かせ、辺りは一歩ずつ夕闇の世界へとその装いを変え始める。

風景の中で、自分が独りだけ。世界に置き去りにされたような、そんな感覚。

しゃがみ込んだ姿勢のまま、いずこは自分の両膝に顔を埋《うず》める。どうすれば、いいのか。

分からない、分からない——

「おーい」

滝の音に交じり、そんな声が聞こえてきた。不安のあまり、空耳が聞こえるようになってしまったのか。

「いずこちゃーん。いるかい」

——いや、空耳なんかじゃない。

ばっと、顔を上げる。すると、登り口の方に人がいた。——なんと、咲楽だ。あの大きなバックパックを背負っている。

「咲楽、さんっ」

いずこは立ち上がり、次の瞬間またふらついた。目まいがしたのだ。立ちくらみに近いが、目の前が真っ暗になるのではなく、視界そのものがぐるりぐるりと回っている。ああ、やはり魔王の呪いなのか。いやむしろ、現れた咲楽は、咲楽の姿をした魔王ではないのか。

「大丈夫かい。目まい？」

再びへたり込んでしまったいずこの傍に、咲楽がやってくる。いずこのことを心配してくれている。どうやら、魔王の化身とかそういうことではなさそうだ。

「はい、何だか頭がふらふらして。急に力が入らなくなって」

「うーん、やっぱりね」

いずこが顔を上げて答えると、咲楽は細い目を更に細めた。やっぱり？　咲楽は今、やっぱりと言ったのか？

いずこは震え上がる。何か魔王の怒りを買うようなことをしてしまったのか。怒りを解くことができず、これからもっと恐ろしい目に遭うのではないか。

「じゃあ、とりあえずこれ」

咲楽がバッグから取り出したのは、ペットボトルに入ったジュースだった。糖分やkcal《カロリー》が高そうで、かつてのいずこだったら避けていそうなものだ。

「わたし、水分はそれなりにとってて――」

「補給するのは水分じゃないよ。さあ、とりあえず飲んだ飲んだ」

咲楽は、ペットボトルの蓋を開けて差し出してくる。戸惑いながら、いずこはジュースを飲む。飲む、飲む――飲む。

「あ、れ？」

気がつくと、いずこはジュースを飲み干してしまっていた。ペットボトル、一気飲みである。そんなつもりはなかったのに、なぜか止められなかったのだ。乾いた運動場に水を撒《ま》くように、体が次から次へとジュースを吸収してしまったような感じだ。

「やっぱりねー」

きょとんとしているいずこを見て、咲楽はにまにま笑う。

「次はこれね。まあジュースの後に出すのもあれだけど。座ったまんまでいいから、食べなよ」

続いてくれたのは、おにぎりだった。ツナマヨ、ウメ、エビマヨ――何ということもないコンビニおにぎりである。

いずこはエビマヨを手に取ると、包装を剝《は》がして齧《かじ》った。

瞬間、脳に衝撃が走る。味覚が、電流のように突き抜けていったのだ。ぱりぱりの海苔《のり》と、米。基本中の基本の組み合わせが、信じられない程の破壊力をもたらしてくる。ただ美味しい美味しくないという次元の話ではない。もっと根源的な、生物としての部分に関わる何かだ。

「――！」

中心部分、エビマヨ本体まで無我夢中で進む。普段コンビニおにぎりを食べる時にはもう少し慎重に着実に進むのだが、今のいずこは猪突猛進オンリーである。

「っっっ！」

言葉にならない言葉を、いずこは発した。エビマヨ、マヨネーズの甘味とエビのぷりっとした食感。それに海苔と米の組み合わせが重なり、劇的な効果を生み出したのだ。海苔と米の組み合わせがおにぎりの基本なら、中に具を入れること、海老とマヨネーズはその応用というわけだ。

基本をしっかりした上で、応用を利かせる。すなわち匠《たくみ》の技である。匠の技で作られた名刀や立派な錦絵は、国宝に指定される。つまりコンビニおにぎりは、国宝なのだ。今いずこは、国の宝を味わっている！

「慌てて食べたらつっかえるよー」

咲楽がそうなだめてくるが、抑えられない。文字通りむさぼり食う。一つ食べ終わると、すぐに次が食べたくなる。包装を剝がすのもじれったい。

やがて。じわ、と涙が滲《にじ》んできた。ありがたい国宝に涙している、というわけでも多分ない。心の中でずっと張り詰めていた何かが、ふっと緩んだのだ。

「こういう時はね、化学調味料満点のコンビニおにぎりとかインスタントラーメンとかがやたら美味しいんだよ」

咲楽が言う。

「人間は群れで暮らす生き物だから、自然の中に孤立してると本能的に心細くなる。だから、こういう現代文明に引き戻してくれる味が嬉しくなるんだ。ほら、ドラえもんの映画でさ、のび太がタイムパトロールの人にラーメンのおつゆもらう場面あるじゃん。あんな感じ。知ってる？　のび太のママがこう、ドバーってラーメンのおつゆ捨ててる幻が見えるヤツ」

咲楽がジェスチャーつきで説明してくれるが、よく分からない。ドラえもんの映画も子供の頃にはよく観たものだが、そういうシーンに覚えはない。

「知らない、です」

いずこが涙を拭きながら答えると、咲楽は首を傾《かし》げた。

「ありゃあ？　そうなんだ。まーあたしでも録画したのを兄貴とよく見てたヤツだし、いずこちゃん世代じゃ分からないのかなあ。――さて、それはさておき」

そして、腕を組んで真面目な顔をする。

「いずこちゃん、全然食べないで歩き回ってるみたいに言ってたよね。あれは本当？」

「──はい」

いずこが素直にそう答えると、

「それねえ、あかんのだよ」

咲楽は苦笑した。

「お腹空いて、目が回るーって言うでしょ。あれは慣用句とかじゃなくて、本当に起こることなの。ハンガーノックっていってね、自転車乗りがよくなるやつ。あんまり栄養補給しないでずっと動き回ってると、低血糖になっちゃうんだよ。いずこちゃんのは軽いヤツだろうけど、気をつけないとダメだよ」

「──そう、なんですか」

唖然《あぜん》とする。自分の体でそんなことが起こっていたとは、考えもしなかった。

「昔も旅人がよく似た症状を起こしてね。ひだる神って妖怪みたいなヤツの仕業って言われてたんだよ。一見迷信ぽいけど、対処法はお米を口にすることだったんだから、昔の人の生活の知恵みたいなのもバカにできないよねえ」

そう言ってから、咲楽はにやにやする。

「いずこちゃん、めっちゃビビってたけど、もしかしてなにかの祟《たた》りとか思っちゃってた？」

いずこは言葉に詰まった。恥ずかしさで、顔が熱くなる。

「あっはっは。さっきまで真っ青だったのに、随分と血色がよくなっちゃって」

大笑いしながら、咲楽が肩を叩いてきた。何も言えず、いずこはひたすら俯《うつむ》く。

「奥の院に祭られてるのは、天坊魔王《てんぼう》っていってね。額には大坊って書いてるようにしか見えないけど、天坊ね。とにかく、一体どういう仏様なのか謎が多いらしいよ。天狗《てんぐ》のことを魔王って言ったりするから、それ関係かなあとも思ったりするけど」

咲楽が、奥の院の方を見ながら言う。

「なんせ、あれは拝殿だからね。離れてお参りする場所。本当のお社はあそこにあるんだ」

滝を挟んだ向こう側、木で埋まっていて斜面とも山とも分からないところを指差す。

「見える？　木の緑の中にちょっと灰色というか、色味の違う部分があるでしょ」

「——あっ、ほんとですね」

しばらく見て、いずこは気づいた。木々の向こう側に、確かに小さな社のようなものがある。

「なるほど、あそこにお参りするためのものなんですね」

いずこは納得した。滝の方が壁になっていないのは、滝ではなくあの社が見えるようにということらしい。

「そそ、そゆこと。一応行けなくもないけど、今日はやめとこうか。お腹ペコペコだしね」

そう言って、咲楽は笑う。

「はい」

いずこは曖昧に相槌《あいづち》を打った。実のところ、気力も萎えはてて無理だというのが本当のところだった。

「ふむ」

小さく頷くと、咲楽は辺りを見回す。

「しかしまあ、タイミング悪かったね。結構家族連れがハイキングに来てたり、剣道着着て稽古してる人がいたりするんだけど。いやあ、様子を見に来てよかったよ」

そんな一言が、いずこにふとした疑問を呼び起こした。

「咲楽さんは、なぜここへ？」

咲楽といずこが会ったのは、ここから離れた敦賀である。どうやれば、こんなベストなタイミングで来られるというのだろう。

「わたしも今日は若狭に来ててさ、まあ移動はロードバイクなんだけど。そしたらいずこちゃんがここに来るっていうから、じゃあ合流するかなって思ってメッセージ送ったんだ。そしたら返事がなくて、あーひょっとしたらって感じ」

いずこは何も言えなくなった。これが、本当に旅慣れた人なのだ。自分の旅をしつつ、他人のことも気遣う。自分のことばかり考えて、その割に自分の体の調子も分かっていなくて、ついには動けなくなるいずこなど——やっぱり、初心者だったのだ。

「ありがとうございます」

ずしりと落ち込む。お礼を言うのが、やっとだった。

体調が戻ったところで、いずこは咲楽に連れ添ってもらって駅まで移動した。

宿では、所作表情すべてが洗練された一流の仲居さんと、とっても美味しい海鮮料理がいずこを待っていた。旬の魚のお刺身を中心にした数々の料理は、海の隣という立地的な強みを最大限に生かし、「海産物」というジャンルの食べ物の美味しさを極限まで突き詰めたかのような一大絵巻を繰り広げた。

その味の大海原とも言うべき見事さを、いずこの体は猛烈な食欲でもって泳ぎ切った。ご飯をおかわりしまくり、あらゆるおかずを徹底的に味わい尽くした。一流の仲居さんをして、一瞬動揺の色を顔に浮かべさせるほどの量を食べた。

それで元気になったかというと、そうでもなかった。お風呂に入って、メイクを落とし、歯磨きやら何やらを済ませ、布団に入り、そこで最初に出たのは溜息《ためいき》だった。

「なにやってたんだろ、わたし」

なにかというと、それは勿論《もちろん》背伸びである。ビギナーが無理をして、無様な姿を晒《さら》したのだ。みっともなくて、情けなくて、もう静かにこの世から消え去ってしまいたくなる。

大人が失敗をしないのは、若い頃のように挑戦をしなくなるからだ。自分の分相応というものを弁《わきま》えて、自分にできることしかやらなくなるからだ。

だというのに、いずこは愚かにも自分の能力を超えたことに手を出し、失敗してしまった。つまり大人失格である。後悔と恥ずかしさに苛《さいな》まれ、いずこは中々寝つくことができなかった。

疲れていたせいもあってか、寝ついたら寝ついたでいずこはたっぷり寝てしまった。目が覚めると、もうお昼近くだった。

「たいへん！」

チェックアウトしなければいけない。慌ててドタバタして、ドタバタするばかりで準備の効率は悪化するばかりで、化粧も適当で、スマートフォンを置きっぱなしのままチェックアウトしてから気づいて取りに戻って。立つ鳥跡を濁さずというが、立ついずこ跡が混濁という感じだった。

どうにかこうにかチェックアウトし、宿の前で立ち尽くす。

――当初は、今日の夕方くらいまでは滞在する予定だった。明日も有給を取っているので、それを休養にあててぎりぎりまで福井を楽しむつもりだったのだ。

しかし、今となってはそんな元気もなかった。気持ちはひたすら落ち込み、どこへ行こうなにをしようというモチベーションが湧いてこない。

充電したスマートフォンをなんとなく触っていると、一台の車がいずこの前に止まった。ぎりぎりまで福井を楽しむためにハイヤーを用意した、なんてことは勿論ない。止まったのは普通の乗用車で、しかも「わ」ナンバー――すなわちレンタカーである。

どういうことかと戸惑っていると、窓が開いて運転していた人が顔を出した。

「おーす。時間ある？」

それは、咲楽だった。


「よく食べるねえ」

咲楽が連れて行ってくれたのは、ファミレスだった。なぜか旅先でファミレスに連れて行ってもらってばかりいる。

「もしかして、昨日あの後あんまり食べなかったとか？」

店の名前は、トマト&オニオン。ランチを頼むとスープバーに加えカレーの食べ放題がつけることができるという素晴らしいサービスがあり、いずこは日替わりハンバーグランチ（トマトハンバーグとヒレカツという重量級セット）を平らげてからカレーをおかわりしまくっていた。

「いえ、昨日もおかわり沢山しました。実は追加で海鮮丼も頼みました」

正直に答えると、咲楽は目を丸くした。

「それでもそんなに食べるんだ。元気で羨ましいね」

「だってハンバーグ最高においしいし、しかもカレー食べ放題とか最高すぎじゃないですか。うちの近所にもあればいいのに」

いずこにとって、トマト&オニオン初体験だった。日本中に広く展開しているらしく、福井にはとりわけ店舗が多いらしいが、残念なことにいずこの生活圏内にはない。

「トマオニないのかー。いずこちゃんはどこの人？　関東とかあんまりなかった気がするなあ。あと中部や九州もか。その辺？」

咲楽が、そんなことを訊《たず》ねてきた。

「東京です。浅草です」

「ほうほう。江戸っ子だね」

「そうなるんですかね。まあ母は埼玉の人間ですし、父も生まれは神奈川ですけど――」

加えていえば、ステレオタイプな江戸っ子らしさともあまり縁がない。父は大人しく、法被《はっぴ》を着て神輿《みこし》に乗ったりべらぼうめえと喧嘩したりすることはない。趣味は絵――いわゆる芸術的な類の絵だ。大抵の人には、飛び散った絵の具やランダムに引かれた線などにしか見えないあれである。

ちなみになぜか妹のいつかには分かるらしく、完成したものを見て「あー、人間の存在意義って突き詰めるとこうだよね」みたいなことを言い、父は満足げに頷くなんてことがよくある。母といずこはさっぱり分からない組で、きょとんとするばかりである。

「そうなんだ、そうなんだ」

などという大江一家の話に、咲楽は楽しげに耳を傾けてくれる。

「咲楽さんは、どちらの出身ですか？」

「わたし？　茨城だよ」

「なるほど」

実のところ、少し納得がいく。咲楽のイントネーションには、時折その辺り出身な感じの音程が混じるのだ。茨城出身を売りにする芸人や漫才師たちのような、分かりやすく強調されたものではないのだが、その分とても自然である。

「茨城の水戸《みと》。言った瞬間、納豆ですよねとか言われるんだ。まあ実際駅前に納豆の像とかあるから、偉そうなことも言えないけど」

「納豆の像？　どういうことですか？」

イメージができない。いずこにとっての納豆は、スーパーで売っているパック入りでにおいひかえめのあれだ。まさかあのパックを巨大化して置いてあるわけでもあるまいし、実に謎である。

「どうもこうも、納豆は納豆だよ」

ちょっと茨城弁のイントネーションを強めて言うと、咲楽は笑った。いずこもそれに釣られて笑う。茨城弁にはなんとも言えない温かみがある。

「駅前の像って、色々あって面白いですよね。わたし、サボテンの像見たことあります」

「あ、春日井《かすがい》のやつか。写真撮ってたよね」

咲楽に言われ、いずこは照れてしまう。画像ＳＮＳを見たと言ってくれたが、そこまでチェックしてくれていたのか。

「あたし、春日井行ったことないんだよね。どういうナニで行ったの？」

「それが、元々そこに行くつもりじゃなくて――」

そんな感じで、旅行話に花を咲かせる。――そう、花が咲いたのだ。満開である。

「で、わたし土下座像見るの初めてで、もうびっくりしちゃって」

「あー、めっちゃ厳《いか》ついよねあれ。初見は笑う笑う」

もしかしたら、初めての経験かもしれなかった。今まで、マルコ以外の誰かとこうやって旅行の話で盛り上がったことはなかった。

「でさー、あたしその『直す』って言葉の意味が分かんなかったのね。壊れてないじゃんみたいな。そしたらさあ、近畿から向こうって『直す』ってのを片付ける意味で使うらしいんだわ。例えば、箒直しといて』って言われたら掃除箱に入れればいいわけ」

「そうなんですか。知りませんでした」

旅にまつわるあれこれを、お互いに披露する。話すことが楽しい。聞いてくれることがありがたい。話してくれるのが嬉しい。聞くことが面白い。

「そっかあ。じゃあまだ旅仲間みたいなのはあんまいないんだね」

ふと、咲楽がそんなことを言った。

「持ちつ持たれつでなにかと助かることもあるよ。今日も、わたしここいらに住んでる知り合いにロードバイク預かってもらってるし――ん？」

咲楽が、戸惑ったように目をしばたたかせた。理由は分かる。今いずこが、しょんぼりと項垂《うなだ》れているからだ。

「どうしたんだい？　なんか悩みがあれば聞くよ。話したければどうぞ」

咲楽が微笑む。さすが旅人というべきか、すっきりさっぱりしている。今いずこが抱えているぼんやりふんわりした悩みをぶつけていいのか、迷ってしまう。

「──まあ、よく一緒に旅に行く知り合いはいるんですけど」

しかし、ここまで言ってもらって誤魔化すのも多分失礼だ。いずこは決心し、話し始める。

「その知り合いに、初心者が背伸びするなみたいなことを言われて。ほんとはその知り合いと一緒に旅行する予定だったんですけど、怒って一人で来たんです」

「ほう」

咲楽が頷く。短い相槌だが、聞き流しているのではなくちゃんと耳を傾けてくれているということが分かる。

「それで、そいつを見返してやろうと思って一人で無理して、咲楽さんにも迷惑かけちゃったんですけど。今思うと、多分その知り合いだけでもなくて」

話というか、文章が変になる。もっと整理して喋《しゃべ》らないと、これでは意味が伝わらない。分かってはいるのだが、どうにもまとまらない。胸の奥で何かが渦巻き、上手く喉を通って出てこない。

「うん、うん」

いずこが黙り込んでいると、咲楽は再び頷いた。

「その知り合いと揉めたこと以外にも色々あるんだけど、なんか言いにくいんだね。ま、そんなこともあるよ」

拙《つたな》い説明でも、察してくれたらしい。いずこはほっとする。

「そっかー。なるほどなあ」

頬杖《ほおづえ》をつくと、咲楽はいずこから視線を外して考え込み始めた。ピアノを弾くように、顔を乗せている方の指先をパタパタと動かす。

「よし」

やがて、咲楽は視線を戻してきた。

「旅に来てるんだからさ、悩みは旅で解決しよう」

そういうと、咲楽はにんまりと微笑んだのだった。


「すごいですね！」

助手席で、いずこは興奮した声を上げた。何かすごいものを見る度にすごいしか言えておらず語彙が不足していること著しいのだが、他に何も言えない。

「こっちが海で、こっちが山！」

言いながら左右を見る。片側一車線の道路を挟んで、山と海が向かい合っているのだ。左側は海である。内海というのか、向こう側にも陸地が張りだしている。海には、船が行き交ってもいる。漁船だろうか。

右側を見ると、そこはいきなり山である。時折水田も姿を見せるが、他の場所では木々が迫ってきている。

「ああっ、トラクターだっ」

対向車線に現れた乗り物を見て、いずこのテンションは更に上がった。さすがにこれまでの人生でトラクターを見たことがないというわけではないが、公道を走っているのを見るのは初めてである。

「ほらほら、あんまり指差さない。おじさんから見えてるかもよ」

注意されて、いずこは狼狽《うろた》える。

「そっか、そうですよね。どうしよう。失礼なヤツだとか思われたかも」

「まあ、わナンバーだし余所《よそ》から来た人には珍しいんかなって思ってくれるよ」

あはは、と咲楽は笑い飛ばした。

「――ありがとうございます」

いずこは、感謝の気持ちを口にする。いずこが気分転換できるよう、この絶景を見せてくれたのだろう。

「ん？　何言ってんの？」

すると、咲楽はきょとんとした。

「え？」

いずこも当惑してしまう。何か、変なことを口走ってしまったのだろうか。

「あの、この眺めでわたしが気分転換できるようにしてくれたんですよね」

おろおろとそう説明すると、咲楽はあははと笑った。

「あー、あー。そう思ったのかあ。いやいや、まだまだ。ここはほんの通過点だよ」

そして、咲楽はにやりとする。

「ここで驚いてたらもたないよ」

「え？　え？」

既に大概いい眺めを見せてもらっているのに、まだ何かあるのだろうか。

車は、そのまま山道へと入っていく。最初の内は普通の山道かと思ったが、実のところそうでもない。ただ山の中を走るというより、ぐいぐいと登攀《とうはん》していくような道路だ。

「エンゼルラインって言ってね。元々は有料道路だったんだけど」

咲楽が言う。

「まあ要するにあれだね。ドライブロードっていうか、走ること自体が目的みたいな道」

そんな咲楽の言葉に合わせたかのように、道がくねくねと曲がり出す。

「一人で行こうと思って車借りたんだけど、丁度いいから連れて行ってあげようと思ったんだ」

咲楽がシフトレバーを操作し、車が唸《うな》り声を上げた。びっくりするいずこを乗せて、車は坂道を力強く登っていく。乗用車というのは、実のところタフな部分を隠し持っているらしい。

「ほらほら。せっかくだから外、外」

咲楽が促してきた。見てみるが、そこは斜面や木々である。確かに普通の眺めとは違うが、せっかくだからと言うほどのものでもないはずだ。一体咲楽は何を見るよう言っているのか――

「――あっ！」

木々がふっと途切れ、向こう側に海が現れた。おそらく先ほどの内海だ。

上から見下ろした内海は、まったく新たな表情をいずこに見せていた。やや緑がかった色合いの美しさ。波の揺らぎやたゆたう感じはなく、綺麗な布を敷き詰めたかのようだ。

向こう側には、張りだした陸地――あるいは半島が遠くまで続いている。いくつもの山々が様々な高さで連なっていて、眺めに奥行きと深さをもたらしている。

後方に飛び去っていく手前の木々と、緩やかに動く景色。そのスピード感の違いも、楽しい。

言ってしまえば、日々の通勤電車でも似た効果は感じられる。手前の建物や電柱は後方へ飛び去り、遠くのビルは鈍重に動く。あれと同じだ。

だが、相手が人工物ではなくなるだけで全然違う様相を呈している。一つ一つの要素がそれぞれ形も大きさもばらばらなので、ばらばらの速度で動けば実に刺激的で壮観なのだ。

「そうだ！」

いずこは慌ててスマートフォンを取り出し、自動車の窓を開けて動画撮影を始める。滝を観ていた時に「感じるのが大事だ」みたいなことも考えたが、やはりこうしてみると撮影したくなる。

「落とさないように気をつけなよー」

「はい！」

返事をして、いずこはカメラを向ける。走っている車の窓を開け外にカメラを向けるのは、存外緊張する。しっかり持っていても、当たる風が強かったりカーブで揺れたりして不安になるのだ。ケースに貼りつけ、指を引っかけて落とさないようにするリングがあるが、ああいうのを買うべきなのかもしれない。

「——あ、どうしよう」

しばらく撮影しているうちに、異変が起こった。

「スマホが熱暴走しそう」

熱くなりすぎているので、一部の機能を制限するという表示が出た。普段そこまで動画撮影をしないので、こんな表示を見たのは初めてだ。

「あー、今日はやたらめったら天気いいしね。でも窓開けてるとエアコン効かせられないしなあ」

咲楽が困ったように言う。

「そうだなあ。風に当ててれば少しは冷えるんじゃない？　あんま身を乗り出さないでね。

滅多なことではぶつからないけど、安全第一だよ」

「はい、気をつけます」

時折鼓膜がぺこっと凹み、その度につばを飲み込んでは元に戻す。どんどん登っているので、鼓膜の中と外で気圧の差が生まれ始めているのだろう。

「しかし、随分撮りたがるね。登る前はそうでもなかったのに」

咲楽が、驚いたように言った。

「それは——」

少し考えて、いずこは答える。

「——それは、きっと。この風景を見せたい相手がいるからです」

「なるほどね」

咲楽は、ふむと頷いた。


「いやー、天気に恵まれたね。持ってるよ、いずこちゃん」

車から降りるなり、咲楽が言った。その目は、頭上に広がる空へと向けられていた。

「ほんと、きれい」

雲一つない、青空である。月並みな表現だが、見上げていると吸いこまれそうになる。山のいずこたちがいるのは、エンゼルラインの終点——すなわち頂上の駐車場だった。

てっぺんにいるだけあって、空といずこの間に遮るものがなにもない。ダイレクトに、青空だ。

「うちらだけかあ」

咲楽が周りを見ながら言う。

「ツーリングでバイク乗りがよく来たりするんだけどねえ。——そういや、片手観音の奥の院も人いなかったなあ。未《いま》だに旅行の規模は戻らずかあ」

少し寂しそうに呟いてから、いずこの視線に気づいたのか咲楽は笑顔になる。

「そう暗い顔をするもんじゃないね。旅する人間が前を向かないでどうするんだって話だし。こうして新たな旅人だっているわけで」

「いえ、そんな。わたしなんか、旅人なんて立派なものじゃないです。失敗ばっかりですし」

いずこは首を横に振る。旅をする人という肩書きは、いずこにはあまりにもったいなさ過ぎる。お腹が減って倒れた人、略して腹人である。——自分で略しておいてなんだが、これでは意味がさっぱり分からない。腹を立てている人かもしれないし腹に一物抱えている人かもしれない。

「失敗は反省したら後は忘れていいんだよ。慣れないうちは失敗してもしゃあんめえよ《しかたないよ》！くらいの気持ちでね。いずこちゃんは、もう十分旅人だよ」

自身の略称について悩み始めたいずこの肩を、咲楽が叩いてくる。

「ほら、あっちの方行ってみようよ。今日みたいな天気だと、すごいのが見られるよ」

咲楽が歩き出し、いずこはその後についていく。

「――――!」

咲楽が言う「すごいの」が何なのか、いずこは程なく理解した。海と空が――一つに溶け合っている。

水平線は、はっきりと存在していない。境目は曖昧だ。交わる部分が白くなり、そこから離れるにつれて空は淡くぼかした碧《あお》に、海は厚く重ねた蒼《あお》に染まっていく。同じ絵の具を濃さを変えて塗り分けたような、そんな眺めだ。

いずこは、飽くこともなく碧と蒼の対比を見つめる。この世界に、こんな眺めがあるなんて。

たっぷりと目に焼き付けてから、スマートフォンを取り出す。この風景、空気を収める力はいずこにはない。しかし、それでも撮っておきたい。

「景色って、いいよね」

いずこと並んで立った咲楽が、しみじみとした口調で言う。

「ただ見てるだけで、こっちの気持ちを変えてくれるっていうか。なんか、教えてくれるんだよね。自然の偉大さとか、人間のちっぽけさとか言うじゃん。その表現だと陳腐になっちゃうけどさ、でもなんかこう――汲《く》み取れるんだ。日々のあれこれで悩んでばっかって、つまんないなって」

「分かります」

撮影する手を止めて、いずこは答えた。今まさに、いずこはそれを感じている。この風景を見て、撮って。わだかまりが、どんどん薄れているのだ。マルコと揉めたこと、それをどう解決すべきか、いずこは何となく気づき始めている。

「うん、やっぱりね。SNS見せてもらったでしょ? あれで旅行、好きなんだなっていうのが伝わってきてさ。そういう人なら、分かってくれると思った」

咲楽が、満足げに頷いた。

「旅行好きな人と一緒にあちこち行くのって、あたし大好きなんだ。それだけで、超楽しいんだもん」

そう言う咲楽の顔は、言葉通りに朗らかなものだった。

「好きなことや楽しいことを誰かと共有できるのって、とっても素敵なことじゃん?」

「——はい」

いずこは、頷いた。咲楽の言うことは、よく分かる。自分が車の中で必死に動画を撮ろうとしたのも、今空を撮っているのも、きっと——そういうことだからだ。

「で、後はこういう場所にも連れて行ってもらったんです」

いずこはそう言って、タブレットの画面に写真を表示させた。

「熊川宿《くまがわじゅく》です。鯖《さば》街道っていって、若狭から京都に鯖とか魚介類を運ぶためのルートがあるんですけど、その途中にできた宿場町なんですね。すごい山の中にあるんですよ」

「へえ」

後ろから覗き込んでいた西村が、唸る。

「なるほどなあ、なるほどなあ。熊川宿かあ」

西村は、なるほどなあと熊川宿かあしか言わない。多分、熊川宿についてよく知らないのだろう。

「猫がいたんで、写真も撮りました。どこかの看板猫なんでしょうか」

続いて、宿場町の道のど真ん中を歩く猫を写す。

「あー、かわいー。茶白猫だね。鯖とかもらってるのかな」

同僚の徳吉光瑠《とくよしひかる》が反応してきた。キラキラした目で、画面を覗き込んでいる。

「鯖といったら、鯖のお寿司を食べたんですけど美味しかったですよ。山の中でお魚を？って思ったんですけど、そこはさすがって感じでした」

「なるほど」

ずい、と身を乗り出してきたのは怖い先輩・見山萌遊《みやまもゆ》だ。この前食べ歩きが趣味だみたいな話をしていたが、本当に結構好きなのかもしれない。

「あ、そうだ。美味しいといえば、お土産を買ってきました」

言って、いずこは持ってきていた紙袋を机の上に置く。

「葛餅《くずもち》です。真空パックしてあるので割と日保《ひも》ちしますよ。わたしもお店でいただいてきたんですけど、美味しかったです。なんて言うのかな、べたべたしないわらび餅みたいな。つるっと食べられました」

「ありがとう。とても嬉しいわ」

一番喜んだのは、多分見山だった。声色も表情その他もいつも通りだが、言葉選びの優しさからそう推測できる。

——さて。同僚たちに全部配り終えたが、葛餅は一つ残っている。それを見ながら、いずこは決心を固める。


「ただいま」

ドアを開けて部屋に入ると、少し明るめな声色で声をかけた。

「えっ——」

すると、椅子に腰掛けていたマルコが驚いたように跳び上がった。

「——お帰りなさい」

そして、そっぽを向いてそれだけ言う。

勿論、マルコはいずこが帰ってくる度に仰天したりふてくされたような態度を取ったりするわけではない。いずこが、久しぶりに話しかけたからである。

——昨日。いずこが旅行から帰ってきてからというもの。いずこもマルコも、互いに話しかけることをしなかった。いずこは別に無視していたわけではないし、向こうも多分同じである。なんというか、気まずかったのだ。

「なんか書いてたの？」

いずこはそう訊ねる。本題はそこではないのだが、しかし帰宅するなり単刀直入に斬り込むほどの度胸もない。

「ええ、まあ。見聞を書き記すのは、もう習慣のようなものになっています。半分も書けてはいませんが」

マルコは、ボールペンとダイレクトメールの裏側を使って書いていた。

「普段はタブレットにメモしているのですが、今日はいずこが持ち出していたので」

「なんか知らないメモアプリ入ってると思ったら、あんたの仕業だったのね」

実を言うと最初見た時ウイルスかなにかかと削除しかけたが、思いとどまっておいてよかった。あそこまでして書くほどなのだから、うっかり消したらとんでもないことになっていた。

会話は、そこで途絶えた。妙なタイミングであり、互いになんとなくもじもじとする。

「あの」

「えっと」

再開しようとすれば、まったく同時に声を発してしまう始末である。

「――ふう」

いずこは溜息をつくと、手にしていた紙袋から最後の一個となった葛餅を取り出し、机の上に置いた。

「はい、お土産。あんたの分」

マルコは、目を見開きしばし黙り込んだ。

「――いずこ」

やがて、神妙な面持ちで話し始める。

「わたしはとても、感動しています。主よ、この善きジパング人に祝福を与えたまえ」

そして十字を切ると、天に両手を差し出すようにして祈った。問答無用で天国行きになれそうな祈られ方だ。

「やめてよ。こんな程度でご加護があったら苦労しないでしょ」

手を振って祈りを辞退すると、いずこは手を合わせて頭を下げた。むしろ逆にこっちが祈りを捧げるような形だ。

「ごめんね。心配してくれたのに、ひどいこと言って」

マルコは、すぐには何も言わなかった。おおこの者の罪を赦《ゆる》したまえと神様にお祈りの追加注文するかと思ったが、そういうこともなかった。

「わたしこそ、無神経でした。元々はわたしがいずこのプリンを食べてしまったせいですし」

逆に謝り返してくる。

二人はしばし黙って見つめ合い、それからどちらからともなく笑い出した。

——ああ、よかったといずこは思う。これで、一件落着だ。

「福井、楽しかったよ。土産話、聞いてくれる？　色々写真とか動画も撮ってきたんだよ」

いずこは、マルコにそう聞いた。

「ええ」

マルコは、にっこりと微笑んだ。いずこの脳裏に、福井でできた旅仲間の言葉が甦る。

——好きなことや楽しいことを誰かと共有できるのって、とっても素敵なことじゃん？

とてもご機嫌だった。


「なんと素晴らしい！」

姿見の前に立ったマルコは、とてもご機嫌だった。

「お気に召したならなにより」

いずこは苦笑してしまう。

——いつまでもマルコが中世ヨーロッパ風衣装のままなので、服を買ったのだ。別に服が傷んだり汗臭くなったりしているわけではないのだが、いついかなる時も同じ格好を見せられるのに食傷気味になったのである。サザエさんの磯野《いその》家でさえ、同じ服を着ているようで話ごとに微妙に違っていたりするのだ。

「しかしまあ、適当に選んだ割には似合っているわね」

ふむといずこは頷《うなず》く。モノは、ファストファッションの通販サイトで買ったTシャツと薄手のシャツとズボンである。普通に着ると普通な感じに仕上がってしまいそうなものなのだが、マルコはしっかり着こなしていた。

「まあ洋服っていうんだし、西洋人のあんたが似合うのも当然なんかな」

そもそも、サイトで外国人モデルが着ている画像を見てもイメージしやすかった。自分だと「こんな青い眼《め》してねえよ」「こんな顔小さくねえよ」となりがちなのだが、マルコだとそのままな感じだからだ。

「とても素敵な贈り物をありがとうございます。一生大事にします」

マルコが、瞳をきらきらと輝かせて言ってくる。

「あんたもう死んでるんでしょ。死んだ人間が一生って表現使うと若干の詐欺《さぎ》っぽさが漂うんだけど」

「気持ちの問題です。一生大事にする、という言葉で表現されるほどの喜びが、今マルコから満ち溢《あふ》れていると考えてください」

鏡の前で、マルコはぐるぐる回る。シンデレラとかその辺を思わせる喜び方である。

「着心地もとてもよいですし、とても動きやすいです。餃子《ギョウザ》と同じように、服も進化しているのですね」

「その二つを並べるのはどうなのよ。というかあんまりドタバタしないの。下の階の人に迷惑よ」

突っ込んだり注意したりしつつ、いずこはニコニコしていた。贈り物を喜んでもらえると、悪い気はしない。

——そういえば。元彼は、いずこのプレゼントをあまり喜んでくれなかった。

今でも覚えている。つき合い始めた頃のことだ。とても似合いそうなブレスレットを見つけて買い、誕生日プレゼントとして贈ったのだ。

「あんまり高いものじゃないんだけど」

そう付け加えた時、元彼の表情が一瞬白けたものになった。まさかいくらなんでも、と思ったいずこだったが、そのまさかだった。

初めのうちはブレスレットをつけていた元彼だったが、そのうち壊れてしまったとかなんとか言ってつけなくなった。ものの価値を金額で測る人間であり、安物を送られたことで気を悪くしていたと知ったのは、しばらくしてからのことだった。

——人はやっぱりさ、身につけてるもので測られるんだよな。

その理屈で言うと、安物を送ったいずこは元彼の格を下げるような真似《まね》をしたことになる。遠回しに心を込めた贈り物を否定されて、いずこはひどく傷ついたものだった——

「どうしましたか？」

怪訝《けげん》そうなマルコに声をかけられ、いずこは我に返った。

「ううん。なんでもない」

いずこはそう言って笑い、マルコの疑問も自分の苦痛も誤魔化そうとする。

実際、なんでもなかった。その日はさほど引きずらず眠りにつき、次の日には普通に目覚めることができた。

「チャオ。マルコは冷蔵庫にカステラを見つけましたが、いずこが食べたいだろうと考えて食べずに我慢できました。是非褒めてください」

「当たり前のことじゃない。もう少し高いところを目指しなさい」

マルコのたわごとにも、いずこはしっかり返すことができた。

「大体チャオってどうなのよ。あんた調べたら一二〇〇年代の生まれみたいだけど、現代のイタリア人みたいな喋《しゃべ》り方してたら変でしょ」

イタリア語というとペペロンチーノとかアルデンテとかくらいしか知らないが、それでも昔と今では色々大きく異なっているだろうことは想像がつく。たとえばの話、藤原道長《ふじわらのみちなが》の幽霊が現れたとして、「やあ、こんにちは」なんて言ってたら明らかに妙である。もっと平安時代的な言い回しがあるはずだ。

「餃子や服の如《ごと》く、マルコも時代に合わせて進化するのです」

マルコは、しれっとそんなことを言った。

「なおのことつまみ食い程度で満足してちゃ駄目じゃない。マルコが進化の頂点を極める頃には地球が滅びてるわよ。あと何十億年かくらいしたら、太陽が巨大化したり気温が超上がったりして地球は宇宙の塵《ちり》になるのよ」

「マルコは知ってます。いずこは時としてマルコに嘘《うそ》を教え、からかいます」

「嘘じゃないわよ。そこのタブレットで『太陽　膨張』とかで検索してみなさいよ」

「やれやれ、仕方ないですね――む、むむ？　『赤色巨星になり、飲み込まれる』？　『高温となり、住めなくなる』？　む、むむむ？」

「ほら見なさい。というか、考えてみたら進化とか太陽とか地球とか理科的なこと分かるの？　あんたたちの時代って、天動説を信じないと教会に処刑されたりするんじゃなかったっけ」

「ガリレオはわたしから数百年後の人物です。それはさておき、わたしはいずこが会社に行っている間、漫然と時を過ごしているわけではありません。様々なことをこのタブレットを通じて学んでいます。太陽の最期については、まだでしたが。――おお、数十億年の後に世界は滅びてしまうと定められているということなのですか？　主よ、憐《あわ》れみたまえ。キリストよ、憐れみたまえ。わたしはまだ旅し足りません」

「数十億年もあれば地球何億周もできるでしょ。どんだけ未練がましいのよ」

いつも通りの朝を過ごしながら、いずこは思う。ようやく、過去は過去になったのだ。遂に自分は、立ち直ったのだと。

――それが、単なる思い込みであるとも知らずに。


『いずこさん！』

仕事帰りの電車の中でスマートフォンの画面を眺めていると、そんな通知が来た。

『ちょっといいですか！』

この感嘆符の使い方からして、京都の大学生三人組の一人――奈月《なつき》である。

『いいですよ！』

文体を真似してやると、可愛いデフォルメキャラがびっくりしているスタンプが返ってきた。本当にびっくりしたのだろう。

『どうしたの？』

改めて聞き直すと、ややあってから長文が来た。

『実はわたし、ダイビングに興味があるんです。それでまずは体験ダイビングに行ってみたいんですけど、飛鳥《あすか》ちゃんも祐佳《ゆうか》ちゃんも予定が合わなくって。一人で行くのはちょっと勇気がなくて、もしよかったらいずこさんに一緒に来てもらえたら嬉《うれ》しいなと思いまして。

今月末の土日月の二泊三日で、場所は伊豆です！』

へええ、と口に出しそうになる。ダイビング。奈月がそんなことに興味を持っていたとは。歌の上手さやヘヴィな音楽趣味もそうだが、意外と活発というか、エネルギーを使いそうな物事に興味関心が向くことである。

『ほんと、もしご都合が合えばでいいですので！』

慌てたように、奈月が付け足してくる。改めて自分の長文を見返して、厚かましいのではないかと心配になったのだろう。まあ、気持ちは分かるので不快に思ったりはしていない。

たとえば奈月がよく行っているライブだが、あれは極論一人で完結する。一人で行って、一人でTシャツを買って、一人で観《み》て、一人で楽しんで、一人で帰ることができる。しかし、多分ダイビングは違う。男女問わず、他の人と仲良くしなくてはならないはずだ。体験というなら、なおのことその可能性が高いような気がする。同じ体験仲間みたいなのがいて、グループになってなんやかんやと行動したりしないといけないのではないか。

いずこの脳裏に、とある光景が浮かぶ。体験ダイビングに一人で参加した奈月。そこに、髪を染めたナンパ野郎の魔の手が迫る。

——ヘイ、カノジョ。一人？

声かけのフレーズが昭和のナンパ男だが（平成生まれのいずこなので、あくまでイメージの昭和にすぎないが）、致し方ない。ナンパ野郎に声を掛けられるという経験がないので、リアルなところが分からないのだ。まあ、ディテールに凝りすぎるのもよくない。ようは内容だ。

——あの、困ります。

ダイビングのスーツを着た奈月は、もじもじと拒否しようとする。しかしナンパ野郎は意に介さず、ニヤニヤしながら奈月の肩に手を回す。

——いいじゃん、いいじゃん。仲良くしようよカワイコちゃん。

『OK』

気がつくと、いずこはメッセージを返していた。うん、やっぱり一人で行かせられない。

『仕方ない、一肌脱いであげよう』

伊豆。今までの旅行よりは随分と近い。なにしろ富士山《ふじさん》を通過しないのだ。

『極めて残念です』

となると不満を述べるのがマルコである。

『そんなに富士山見たいの？　なら銭湯にいけばいいじゃない。壁に描いてあるわよ』

『マルコは知っています。それは絵に描いたぼた餅です』

『なんか別のが混じってるわよ。棚からこぼれてない？』

いつものやり取り。いつものリュック。いつもの三頭身マルコ。しかしいずこは新幹線に乗っているのではなく、伊豆急下田《しもだ》駅前で立っていた。ここで待ち合わせなのである。

駅前にはロータリーがあり、その中心部分には椰子《やし》のような木が生えている。他にも網元がやっているという料理屋さんが大きな魚の看板を掲げていたり、ロータリーの先に続く道も街路樹が椰子の木だったりと、色々面白い。

『暑いわねえ』

いずこの格好はクロップドパンツにTシャツという軽装だが、それでも暑い。もう夏も終わりなのだが、まだまだ残暑が続いているのだ。これはこれで、ダイビング日和と言えるのかもしれないが。

『そうですか？』

マルコは割と平気そうである。リュックに入れると大航海時代より大変だかなんだか言ったり、他の人のキャリーバッグと挟まってグハァと叫んだりと騒がしいマルコだが、この暑さは堪《こた》えていないのだろうか。

『何よ、随分と余裕ね』

いずこが言うと、マルコはふふんと鼻を鳴らした。

『わたしはかつて、シルクロードの砂漠を往来したことがあります。この程度の暑さ、なんということもありません』

いずこの頭の中で、アラブ的な感じの布で顔まで覆ったマルコが駱駝《らくだ》に乗って砂漠を行く姿がイメージされる。

『なるほどねえ。腐っても冒険家っていうか旅人なのね』

『当然です。鯖《さば》は生きているうちから腐るそうですが、マルコは死んでも腐敗することなく新鮮な――む、む？』

余裕ぶっていたマルコの様子が、いきなりおかしくなった。

『いずこ、妙な動きはやめてください。大地が回っています。じっとしてください』

『は？』

無論いずこは駅前でぐるぐる回転したりはしていない。普通に立っている。

『ちょっと、目まい起こしてない？　あんた熱中症になってるんじゃないの』

『いえ、そんなはずは――むむ、あ、頭が痛くなってきました』

『あーもう、仕方ないわねえ』

近くの自動販売機でスポーツドリンクのペットボトルを買い、サイドポケットに突っ込む。

『とりあえず体冷やして、それからなんとかして飲みなさい』

『なんたる不覚。マルコは知っています。このような事態を、弘法《こうぼう》も筆の謝りと言います。迂闊《うかつ》な文章を発表して謝罪に追い込まれるような、そんな事態です』

『弘法大師はちょっとトラウマだから止めて。河童《かっぱ》の川流れとかにしてせめて』

「いずこさんですか？」

わいわいやっていると、いずこは声を掛けられた。

「──あ！」

声を掛けてきた相手を見るなり、いずこは自然と笑顔になる。

「お久しぶりです」

それは、奈月だった。

「久しぶり！　なんか、雰囲気変わったね」

最初にいずこの口をついて出たのは、そんな言葉だった。なにかのバンドのものらしきロックな感じのTシャツにダメージジーンズという、タフでラフな出で立ちもそうだし、そもそも髪が結構伸びている。彼女は画像SNSに自分の写真を基本的にアップしないので、顔を見るのもなんだか久しぶりなのだが、ちょっと別人のようである。

「そうですか？　自分では、よく分からないんですけど」

少し、はにかんだ様子を見せる。こういうところは変わっていない。表裏がなくて、思わず庇《かば》いたくなってしまうようなところ。ちょっとずるいぞと思ってしまいそうなところが、そういう妬みのような感情を刺激されない天性の人柄。

「あの、ごめんなさい。なんだか、付き合わせちゃって」

奈月が、すまなそうに目を伏せる。

「いやいや、いいのいいの。面白そうだし」

嘘ではない。それまで特に興味もなにもなかったダイビングだが、いざ行くとなって調べてみると興味が湧いてきたのだ。

「酸素ボンベを背負ってぴったりしたスーツを着て潜るみたいなイメージしかなかったんだけどさ、やっぱり海の中に潜ってどんななのか見てみたいなーって」

――かつてのいずこなら、ここまでアクティブではなかっただろう。ダイビングはちょっと縁遠い、億劫《おっくう》だと遠慮していたはずだ。

やはり、変わったのだろう。そんなことを、思う。旅行を続けるうちに、新しいものに対して積極的になったのだ。今の姿を、元彼のヤツに見せてやりたい。そうしたら、きっとびっくりするに違いない――

「本当ですか？」

奈月が、嬉しそうに目を輝かせる。

「本当、本当」

湧きかけた邪念を追い払い、いずこは奈月に笑いかけた。

別に、あの男のために変わったわけではない。関係のないことだ。思い出す必要なんて、どこにもないのだ。


二人は駅前から離れ、前もって指定された場所に移動した。参加者で貸し切る形で、マイクロバスを用意してくれるのだという。

「ダイビングスクールって、結構あちこちにあるんだね」

いずこは、雑談がてら思っていたことを口にした。

「なんかもっと、海辺にあるもんだと思ってたけど。京都にも沢山あるみたいだし」

「そうですよね。京都市内ってそもそも海がないですし」

二人は、京都のとあるダイビングスクールが企画する体験ダイビングに参加する——という形でここへ来ていた。東京住まいのいずこが京都のダイビングスクールの企画に参加するというのは妙な感じもしたが、先方には怪訝《けげん》がられることもなかった。別段珍しいことでもないらしい。

「でも、なんでやるのが伊豆なんだろうね」

「やっぱり、慣れてる海がいいとかなのかもしれません」

そんな話をしていると、二人の目の前にマイクロバスが止まった。いずこがイメージする市バス的なものより、随分とコンパクトだ。なるほどマイクロである。

「体験ダイビングの方ですよね」

中から、男性が出てくる。

「大江《おおえ》さんと、東郷《とうごう》さんですね」

男性はコンパクトでもマイクロでもなかった。筋肉がぴっちり詰まった上腕、胸筋でぱんぱんになった胸。首は太く、顔と幅がそんなに変わらない。めちゃくちゃ質量が詰まっていそうである。この人がダイビングしたら、お風呂の湯船みたいに海面が上昇しそうだ。

「五木《いつき》ダイビングスクールの五木です。よろしくお願いします」

男性が名乗ってくる。この人が、ダイビングスクールのインストラクターなようだ。よく日に焼けた肌の色と体格からして、まさにといった感じである。

「よろしくお願いします！」

いずこが挨拶しようとしたところで、奈月が先に頭を下げた。

「お願いします」

慌ててそれに続きながら、いずこは内心でびっくりする。とても元気いい挨拶だ。どちらかというと、彼女の親友である飛鳥がやりそうなものだ。

「よろしくお願いします」

爽やかな笑顔で、五木は答えてきた。

「そういや、奈月ちゃんって東郷って名字なんだね」

バスに並んで座りながら、いずこと奈月はとめどなく話していた。

「なんか変に強そうですよね。別に先祖代々普通の人なんですけど。いずこさんこそ、大江なんですね」

「そうだよ。三分の二があ行の手抜きな名前だよ」

普段からメッセージアプリやSNSでやり取りしているが、直接会うと話が弾んでしまう。不思議なものである。顔を見て話すからなのだろうか。

そういえば、テレワークやリモートワークの嵐が吹き荒れた時も、わざわざネット飲み会をする人が沢山いた。せっかく家から出ず人とも会わなくて済むのになにをわざわざなどといずこは思ったものだが、人間いくら文明が進歩しても、原始的な対面コミュニケーションから受ける刺激には抗することが難しいのかもしれない。

『なんと涼しい。生き返るようです』

一方、マルコは進歩した文明の恩恵を大いに受けていた。

『本当に生き返って、強制的に元の大きさになったりしないでよ』

いずこはそう釘《くぎ》を刺しておいた。突然リュックサックのサイドポケットを突き破って謎の男が現れたりしたら、ダイビングどころの話ではない。

「いずこさんは、これからも旅行の予定あるんですか？」

奈月が聞いてくる。

「うーん、一応ね。行きたいなーって場所はいくつかあるんだ」

「楽しみにしてますね」

いずこの答えに、奈月は笑顔になった。

「いずこさんの写真って、とってもいい感じですし」

「そう、かな？」

いずこは戸惑う。自分では、そこまでのものとは思っていなかった。ただ、興味を惹《ひ》かれたものにスマートフォンを向けただけのことだ。

「文章も好きですよ」

「あ、ええと」

それを言われると、戸惑うどころか恥ずかしくなってしまう。後で読み返すと格好つけすぎというか、ポエムみたいだなあとかそんな気になってしまうのだ。

「この前の福井のも、わたし好きですよ。『浸っていた、景色とわたしだけの世界。新たな出会いが、わたしを変える。一つの色が増えて、鮮やかな彩りが加わる』」

「いや、諳《そら》んじなくていいから。あれはほんと、旅先の勢いというか——」

「写真とか興味あるの？」

いきなり、前の席から誰かが割り込んできた。

男性である。年の頃は三十代半ばから四十代といったところか。清潔感はあり、服や腕時計のような小物もセンスよくまとめられている。

「僕も写真やるんだよね。一眼レフ買ってさ、土日にはよく撮りに行くんだ」

しかし、割り込み方の不躾《ぶしつけ》さといい、奈月に狙いを定めていずこの方には見向きもしない態度といい、上っ面の清潔感やお洒落《しゃれ》さなど粉砕してしまう鬱陶しさがある。上司の西《にし》村《むら》の押しつけがましさを身勝手な方向に強化したおっさん、みたいな感じだろうか。

「もしよかったらさ、教えてあげるよ」

そしてナンパである。西村は三人の子持ちにして愛妻家であり、この手の活動とは無縁だ。本人も知らないところで西村の上司としての株が上昇してしまっている。

「あの」

それはさておくとして、いずこは間に入ろうとした。奈月が気に入ったのか、自分のペースに巻き込めそうな大人しい女の子が狙いのか知らないが、いずれにせよこれ以上の狼《ろう》藉《ぜき》は看過できない。

「えっと」

――しかし。いずこが何か言う前に、奈月が口を開いた。

「別にそういうのは結構です」

おっさんの顔から、笑みが消し飛ぶ。強烈なカウンターだった。

いずこもまた、唖然《あぜん》としてしまう。この堂々たるお断りの仕方。あの引っ込み思案だった奈月と同一人物とは思えない。

『どうやら、彼女は大きく変わった──否《いや》、成長したようですね』

マルコも同意見のようだ。

「そう、それで福井のことなんですけど」

奈月が、もうおっさんとのやり取りは終わりだといった様子で話を再開する。ちょっと格好良いと思ってしまういずこだった。


バスは途中で他の参加者たちを拾いながら、目的地である海の傍《そば》の民宿に着いた。今日は親睦を深めるためにバーベキューを開催し、次の日に体験ダイビングという流れらしい。体験ダイビングに来ているのは、合わせて十人。男女の学生の集団が五人。リタイヤした熟年夫妻。いずこと奈月、あとおっさんだ。

宿に到着し、一同はムキムキの五木さんの指示で一旦部屋に分かれる。いずこは奈月と相部屋だった。

二段ベッドにデスクが一つ。壁には窓があり、カーテンが開けられている。窓の外には、伊豆の海と砂浜が広がっている。

清潔に掃除されていて、広さや内装はほどほど。若い旅行者向けの、お手頃な宿といった感じだ。これはこれで、気軽に寝泊まりできる。福井で泊まったお宿は、あまりに綺麗《きれい》でちょっと気を遣ってしまったものだ。まあ、出る時に寝坊してばたばたして台無しだったのだが。

「わあ、二段ベッドだ」

部屋に入るなり、奈月が弾んだ声を上げる。

「テンション高いね」

苦笑してしまう。いずこは妹のいつかと二段ベッドだったので、特にありがたみを感じない。まつわる思い出も、喧嘩《けんか》した時に下から（いつかが上に行きたがるのでいつも下だったのだ）布団叩《たた》きでどかどか突き上げたところ、いつかが身を乗り出し人形を投げつけてきたとかそんなものばかりだ。

「あの、あの」

奈月が話しかけてきた。

「ベッドですけど、いずこさんはどちらにしますか？」

えらく真剣な面持ちである。気安く答えることが憚《はばか》られそうな空気だ。

「し、下かな？」

怯《ひる》みつつそう告げると、奈月はぱあっと瞳を輝かせた。

「じゃあ、わたし上に行ってもいいですか？」

そして、そんなことを頼んでくる。

「うん、いいけど」

「やったあ！　わたし、二段ベッドの上って憧れだったんです」

奈月は荷物を投げ上げ、梯子《はしご》をいそいそと登る。

「おおー」

そして上の段に辿《たど》り着くや、子供のような声を上げてはしゃぎ始めた。呆気《あっけ》にとられ、立ったまま眺めてしまう。

「高いなあ」

奈月は二段ベッドの上を満喫する。

「天井、近いですね。何だか不思議な感じ」

徹底的に満喫する。

「わたし、恥ずかしいんですけど寝相悪くて——あ、でもこの枠みたいなのでばしっと止まるのかな？　でもぶつかると痛そう」

満喫しすぎてきりがなさそうな気配である。

「奈月ちゃん。ほら、すぐバーベキュー始まるって五木さん言ってたし」

邪魔をするのも気が引けるが、仕方ないのでいずこはそう促した。

「はーい」

不承不承といった感じで、奈月が返事をしてくる。この位置関係でふてくされられると、いつかのことを思い出す。

「——えへへ」

今度は、なにやら照れくさそうに微笑《ほほえ》んだ。いつかの場合だとここから憎まれ口が蛇口を捻《ひね》ったように流れてくるのだが、えらい違いだ。

「わたし一人っ子だから分からないんですけど、なんだかいずこさんがお姉さんみたいだなって」

奈月がそんなことを言った。はからずも、同じようなことを考えていたらしい。

『いずこ、照れていますね――グハァ！』

「またまた。さあ、行こうか」

からかってくるマルコをリュックごと下の段に投げつけると、いずこは照れ隠しに笑ったのだった。

宿の二階にあるテラスへと向かう。広く張り出す作りになっていて、二つ三つセットを置けるようになっている。屋根がついているので、雨の日でもバーベキューができるのだろう。

テラスからは、夕暮れの海や砂浜が一望できる。海は東側なので沈む夕日こそ見えないが、とてもいい眺めである。部屋だけ見るとちょっと宿代がお高い感じだったのだが、その理由が分かった。

「君たち、大学どこ？　僕はねえ――」

おっさんが、学生の集団の仲間に無理やり入ろうとして迷惑がられている。矛先が変わったのは喜ばしいが、学生たちが可哀想でもある。

「へえ、東郷さんの実家は新潟なんですね」

奈月はというと、熟年夫妻——名前は松木《まつき》さんというらしい——と仲良くなっていた。

「そうなんです。妙高《みょうこう》っていうスキー場とかあるところなんですけど、海は遠くて雪ばっかりのところで。だからずっとダイビングに憧れてたんです」

奈月の喋りははきはきとしていて、聞いていて小気味よいほどだ。元々滑舌が悪いということもなかったが、随分と明るく元気な印象を受ける。肉を次々と平らげながら、いずこは感心する。

「なんか、奈月ちゃんはわたしなしでもやっていけるじゃん。成長したねえ」

熟年夫妻がトイレに行ったところで、いずこはそう言った。

「え？　いや、そんなことないです。ほんと、成長なんて」

奈月が、わたわたと狼狽《うろた》える。前の奈月に戻ったような感じだ。

「あの時のいずこさんのイメージで、真似してるだけです」

奈月が、恥ずかしそうに言った。

「え？　いや、えーと」

そんなこと恥ずかしそうに言われても、こっちこそ恥ずかしいという話である。

『いずこはすっかり憧れの存在なのですね。彼女にとってのお手本であると』

取り皿の端に乗ったマルコが、何事か言ってくる。ちなみにいずこはマルコの分も取っているため、端から見ると常時二人前食べているような感じになってしまっている。

『やめてよ。別にそういう意味じゃないでしょ。ちょっとした冗談かなにか――』

「ほんと格好よくて、困った時とか勇気を出したい時にはお手本にしてるんです」

奈月の言葉に、いずこは目を白黒させるしかなくなる。

『ふっふっふ。わたしが正しかったようですね』

マルコが勝ち誇った。腹が立つので皿から払い落とす。

「さあさあ、バーベキューしよう！」

話を変えるべく、いずこは努めて明るい声を出した。

「飲もう！　じゃんじゃん飲もう！」


「お酒、おいしー」

結論から言うと、その提案は誤りだった。

「いずこさん！　飲んでますか！　わたしは飲んでいます！」

奈月が、じゃんじゃん飲んでしまったのだ。

「そういえば、いずこさんが伊豆って面白いですよね。いずこが伊豆、伊豆こ？　うふふ」

一人でダジャレを言って一人で笑っている。おっさんが目敏《めざと》く見つけて、チャンスだと戻ってきたらかなり面倒なことになりかねない。奈月がふらふら騙《だま》されることはないだろうが、バスの中を上回る一撃をかましてしまう可能性もある。おっさんは自業自得なのでどうでもいいが、流れをよく知らない人たちに奈月が変な印象を持たれたら可哀想だ。

「みんな飲んでるー？　盛り上がっていこうなー！」

おっさんはというと、謎のリーダーシップを取ろうとしている。みんなとか呼びかけている割に、奈月の様子にはさっぱり気づいていないようだ。まったくボンクラである。

「東郷さん、大丈夫ですか？」

熟年夫妻の松木さん(夫)が話しかけてきた。松木さん(妻)も、心配そうに奈月を見ている。

「はい！」

奈月は、びしっと手を上げて答えた。出来上がっている感じである。

「おーし、奈月ちゃん、部屋戻ろうか」

いずこは決断した。そろそろ限界だ。

「ええっ、もうですか！　トゥーファスト！　トゥーファストフォー――」

「はいはい」

突然英語になるなどいよいよな感じを醸し出し始めた奈月の手を引き、いずこはテラスから撤退する。

『いずこ、わたしはまだ食べ足りないのですが』

マルコがなにやら言ってくるが、相手している余裕はない。

『好きなだけ一人で食べてなさい』

それだけ言うと、いずこは急いで部屋へと向かったのだった。

――だから、気づいていなかった。テラスの下、砂浜にいた誰かの姿に。


「むうーん」

何やら唸《うな》り声を上げながら、奈月は下の段で眠っていた。本人はベッドの上の段を所望していたが、今の状態で梯子を登らせるのは危なすぎる。

「すわれー、とべー」

一体何の夢を見ているのかさっぱりだが、とりあえずご機嫌そうだ。にへらにへらした寝顔を見ていると、こっちまで愉快な気分になってくる。

「――さて」

どうしようかといずこは考える。バーベキューに戻るのもいいが、奈月がいないといまいち居心地が悪い。熟年夫妻とは奈月を挟んで喋っていたような感じだし、五木さんや大学生たちとは挨拶をしただけくらいだし、おっさんは論外だ。

色々考えて、ちょっと砂浜を歩いてみることにした。明日は、多分ダイビングで大忙しである。今のうちに、ゆっくり浜辺を堪能《たんのう》してみるのも悪くないだろう。

五木さんに一声掛けて宿を出ると、いずこは砂浜を一人歩く。

波音に彩られた静謐《せいひつ》が、砂浜を満たしていた。気比《けひ》の松原《まつばら》も静かだったが、やはり昼と夜とで海の雰囲気は別物である。太陽と月は、日光と星明かりは、それぞれ風景と空気を全く異なる味付けで仕上げるのだ。

ざあ、ざあと。打ち寄せる波の音が、心をゆっくりと揺らす。福井の滝で感じたものとはまた違う、絶え間なさ。1／fゆらぎといった理屈の部分もそうだろうが、海があればそこに波があり、波があれば波打ち際が生まれ、波打ち際が生まれれば波音がずっと繰り返される——そんな仕組み自体が、いずこを不思議な気持ちにする。ただ同じことを続ける変わらなさへの、畏《おそ》れにも似た感覚。『方丈記《ほうじょうき》』とか『徒然草《つれづれぐさ》』とかにありそうな、なさそうな、そんな感じだ。

帰ったらちょっと読んでみようかな、何てことも思う。旅に出た時は、結構こうだ。妙に真面目になったり、目標を立ててみたり。一時的に、立派ないずこになってしまうのである。大体帰ると元に戻ってしまい、やらずじまいだったりするのだけど。

しばらく歩いて、いずこは宿に戻ることにした。長々と過ごしたいのはやまやまだが、この時間に一人歩きは気をつけた方がいい。五木さんにも、別に治安が悪いわけじゃないけど気を付けてね、と釘《くぎ》を刺されてもいる。以前単独行動で痛い目を見たいずこであるからして、ここは過去の経験に学ばなければならない——

「あの」

いきなり背後から声を掛けられ、いずこはびくりとした。全身を震わせるような、飛び上がるような、そんな反応である。

身の危険を察知した？　いや、違う。もっと別の何かが、いずこを突き動かしたのだ。

「もしかして」

この声には、覚えがある。とてもある。かつては毎日のように聞いていて——毎日のように聞いていたいとも思っていた声。

「やっぱりいずこだ」

いずこは振り返る。

「驚いたな。本当に、驚いたよ」

そこには、一人の男がいた。タンクトップにハーフパンツ、そしてサンダルという軽装だが、ネックレスを効果的に使いしっかりと着こなしている。サンダルも、よく見ると人気のスポーツブランドのファッショナブルなものだ。顎には髭《ひげ》を揃《そろ》え、髪は長めのいわゆる無造作ヘアーで、若干色が明るい。雰囲気で言うとサッカー選手にいそうなイメージだ。一般企業だと眉をひそめられるが、ベンチャーならむしろ歓迎されるだろう雰囲気であり——実際ベンチャー界隈《かいわい》で足場を固めている。いずこは、そのことを知っている。

「俺、いずこのことを考えながら歩いてたから」

男の名前は、高石善徳《たかいしよしのり》。かつて、いずこの恋人だった男だ。

「旅行か、すごいな」

善徳は、いずこの最近の趣味に驚いてみせた。

「いずこが、そんな趣味を見つけたなんてなあ。——格好いいなあ」

「別に。大したことないよ」

つっけんどんに返す。今更、仲よく話したくもない。

「いやいや、すごいだろ。絶対すごいって」

「——もう」

なのに、苦笑してしまう。リアクションをしてしまう。声色や口調で、相手を巻き込んでくるのだ。こういうところは、変わっていない。


——善徳と出会ったのは、異業種交流会というやつだった。当時の上司が今の西村とは違った方向に難儀な人で、見聞を広げろ引き出しを増やせ的な感じのプレッシャーをかけてきたので参加したのだ。

正直面倒だし、キラキラした人たちが自分をアピールしまくるところという偏見もあった。そして行ってみると実際キラキラした人たちが自分をアピールしまくる面倒な集まりで、特に得るものはなかった。これならスタンフォード式ナンタラカンタラの本でも読んだ方がまだマシだったなどと嘆いていたところで、善徳に話しかけられたのだ。

「なんか、大変っすね」

実を言うと、善徳のことをいずこは最初からなんとなく気にかけていた。いかに自分が優秀かということを話しまくる他の参加者と違って、ちょっとばかり自虐的なユーモアを挟んだりしていたところが、好印象だったのだ。見た目も、キメキメになりすぎない程よい緩さがあって、結構いい感じだった。

――それが、全て計算だったということも知らずに。

「絶対すごいよ。憧れるよ、そういうの」

ああ、計算だ。善徳は、いつも計算に基づいて他人と接する。今いずこを持ち上げていることも、きっと計算だ。何か下心があって、それでいずこをこうして褒めてくるのだ。

「ほんと、全然大したことないから。失敗もよくするし」

だというのに、いつの間にかいずこは乗せられてしまっている。これではいけない――頭のどこかでそう警告が鳴り響いているのに、つい無視してしまう。

――連絡先を交換し、それから会うようになった。恋愛感情を抱くのに、そう暇はかからなかった。

名前の通った私立大学を出て、就職したのはIT系のベンチャー。いい大学を出たけれど敷かれたレールには乗らず、自分の力を生かせる世界に飛び込んで道を切り拓《ひら》く。そんな一昔前のサクセスストーリーみたいなものを体現している姿が、眩《まぶ》しかった。

善徳は今時の男らしく料理もできたし、部屋も掃除が行き届いていた。ジムで汗を流し健康的な体格を維持し、英語も実用レベルで話せた。ベンチャーで働いているとはいえ、やり甲斐《がい》搾取的なものを受けるような立場にあるわけではなく、結構な好環境で働いていた。

そういう「条件」に目が眩《くら》んでしまったところもあった。いつかに相談した時、「ちょっとできすぎ。なんか怪しい」と警戒を促されたが、いずこは従わなかった。そして、つき合うようになった。

善徳は、いずこを知らない世界へと連れて行ってくれた。別に、何か派手なものではない。誕生日には少し高めのディナーを予約してくれて、デザートで出てきたケーキの上に「いずこさん、お誕生日おめでとう」みたいなメッセージつきのプレートが乗っていたとか。年末に、オールナイトイベントでカウントダウンをしたとか。人気ミュージシャンのライブを、前の方で観たとか。善徳の友人たちと宅飲みをして飲み明かしたとか、そんな感じだ。しかし、いずこにとってその一つ一つが幸せな思い出ばかりだった。

——どうしてだろう。今必要なものが、出てこない。寝ても覚めてもつきまとっていたあの嫌な記憶たちが、姿を現さない。どれか一つでもあれば、ここでこの男を追い払えるのに。どうしてなのか、甦《よみがえ》ってくるのは、楽しかった思い出ばかりだ――

「――俺さ」

善徳の声が、いずこを現実に引き戻す。

「反省してる。色々、ひどいことをしたと思う」

善徳が口にした言葉は、謝罪だった。

「いや、それはないでしょ」

間髪を入れず、いずこは食ってかかる。

「あれだけ嘘をついて、わたしを騙して、好き勝手しておいて。今更何言ってんの!」

そこから、いずこは怒濤《どとう》の如く不満をぶつけた。怒りを叩き付けた。肩で息をする程に、涙が滲《にじ》むほどに、ただただ感情を爆発させた。

辺りには、他に誰もいなかった。聞こえるのはただ、波の音と涙声のいずこの叫び、

「うん」

そして、時折挟み込まれる善徳の相槌《あいづち》だけだった。

――何か、違う。いずこはそう感じ始めていた。善徳は、いずこの言葉に耳を傾けている。

かつて善徳は、あまりいずこの話を聞きたがらなかった。付き合い始めのうちは隠していたが、徐々にその傾向は露《あら》わになった。同僚や部下の女の子の愚痴は親身になって聞く

のに、いずこが少しでも悩みを口にすれば面倒くさがったり怒ったり自分の話を被せたりしてきた。そして、「愚痴ばかりで楽しくない」といずこを責めた。

善徳が楽しいのは、自分の好きなように振る舞えた時だった。いずこが徹底して聞き役になって、善徳がしたい話をしたいようにできた時だった。そこにいずこの気持ちは存在しなかった。いずこは、彼が気分良く過ごすための道具だったのだ。いずこにあれこれしてくれるのは、道具を手入れしているような感覚か、そうでなければ「彼女に優しい男」という演出のためかのどちらかだった。少なくとも、いずこはそう思っていた。

「こんな風に、思わせてたんだな」

ぽつりと、善徳が呟く。

「俺、何も分かってなかった。自分のことばかりで、いずこのことを考えてなかった」

今は、違うのだろうか。反省して変わったというのは、本当なのだろうか。あるいは、誤解だったのだろうか。本当は、いずこのことを大事にしてくれていたのだろうか——いや、あり得ない。そんなはずはない。もしそうなら、絶対にしないことがある。

「浮気は？　浮気のことはどう言い訳するの？」

いずこはなおも言い募る。もう一つ、どうしても許せないのがこれだった。いずこの側は、常に大事にしていたのに。善徳は裏切ったのだ。

「すまない」

善徳が、頭を下げてくる。

「謝って済むとでも思ってるの！」

今までで、一番の怒鳴り声が出た。

「何の言い訳もできない。快楽っていうか、何て言うか、そういうものに流されてしまった」

頭を下げたまま、善徳が言う。

「ふざけないで！」

ただ、他の女と浮気した、関係を持っただけではない。善徳は、まさしくいずこの心を踏みにじったのだ。

――おかしいと気づいたのは、特定の曜日に連絡を取れなくなるのが多くなったことだった。

不審に思いつつ、最初は信じようとした。しかし疑念は消えず大きくなるばかりで、ついにいずこの善徳への信頼を押し潰した。

いずこは善徳のマンションに行き、そして女が部屋から出てくる瞬間を目撃した。いずこよりも若く、綺麗で、スタイルのいい女だった。

いずこは呆然《ぼうぜん》と女を見送ってから、善徳の部屋に行き、出てきた善徳を罵《ののし》った。善徳はいずこの怒りに正面から向き合わず、ひたすら束縛が強い交際相手に悩まされる被害者であるかのように振る舞った。

善徳の友人たちも、それに同調した。善徳は、いずこがつい口にしてしまった罵りの言葉を元に、いかに自分が辛《つら》い目に遭っているか、という話を広めたのだ。いずこは、気がつくと悪者にされていた。善徳の浮気は「仕方ない」ものになっていた。善徳の友人たちはみんないずこを拒絶し、善徳はそれを盾にするかのように距離を取っていった。

善徳の周囲の友達関係にどっぷり浸かっていたいずこは、突然の孤立に耐えられなくなり、別れたのだった——

「あの時の俺は、どうかしてた。自分が束縛されていると思い込んでたけど、そういうことじゃなかったんだ」

ひたすら、善徳は謝ってきた。

「だったら、だったら」

いずこはなおも言葉を継ごうとする。どうしても許せないことをぶつけようとする。

そこで、ふと気づく。どうしても許せないことをぶつけて、そこでもし納得いく答えが得られたら、いずこはこの男のことを——許すのだろうか？

「——っ」

動揺が、いずこから言葉を奪った。咄嗟《とっさ》に身構える。善徳と話す時に、身についてしまった習慣である。彼との会話は、いつも駆け引きであり交渉だった。隙を見せれば、すぐにそこを突いてくる。契約書の不備を逆手に取るように、利用規約に滑り込ませた一文を盾にするように、いずこを追い詰めてくるのだ。

「聞くよ」

違った。善徳は、ただ真っ直ぐ、いずこを見つめてくる。何の策略も弄さず、正面から。

「――ふむ」

黙り込んだまま向かい合う、二人の人影。それを、マルコは手すりの上から眺めていた。

既にバーベキューは終わっていて、彼もたらふく食べてお腹がぱんぱんに膨らんでいる。

「話している内容は分かりませんが、はてさて」

面白おかしい外見と対照的に、その表情と言葉は真剣なものだった。


「あ、あれ？　なしてわたし下の段で？」

そんな声で、いずこは眠りから覚めた。

「おはよう」

言いながら目を開けて、天井や蛍光灯の近さにぎょっとする。長きにわたって二段ベッドユーザーだったいずこだが、ついぞ下の段以外で寝たことはなかった。これ程までに眺めが違うとは。

「あ、新潟弁聞かれちゃった。やだ、恥ずかしい」

下で、奈月が何やら狼狽えている。

「そんなことないよ。なまら可愛いよ。あ、なまらって北海道だっけ」

身を乗り出し、下を見ながら言う。妹がよくやっていた姿勢だが、実際やってみると結構怖いし頭に血が上る。ヤツはよくもまあこんな姿勢を毎日のようにしていたものだ。

「新潟でもなまらって言いますけど――」

下から奈月が顔を出し、いずこを見るなり仰天した。

「ど、どうしたんですかいずこさん。目が真っ赤ですよ」

「――あ」

咄嗟に手で目を隠し、乗り出していた体を引っ込める。

「わたし、寝起きとかよく充血するんだよね。たまに半目開けて寝てるみたいで」

まさしく真っ赤な嘘である。あの後宿に戻ってきて、ずっと泣いて、泣き疲れて寝てしまったのだ。

『マルコは知っています。ジパングでは、嘘つきは泥沼の始まりだと言われています』

マルコが、そんなことを言ってきた。マルコは部屋に置いてある机の上に座り、腕を組んでいずこの方を見ている。

『それを言うなら泥棒よ』

いずこの突っ込みに、いつものキレはない。泥沼の始まり。そんなマルコの言い回しが、ひどく刺さるのである。泥沼。いずこがこのまま進めば、その中に頭から突っ込むようなことになってしまうのだろうか。

『マルコは、知ってるの？』

いずこは、そう訊《たず》ねてみた。

『今、そう言ったばかりですが』

マルコの返事は、心なしかつっけんどんである。

『そっちの決め台詞的なやつの話じゃなくて――』

『いずこが、以前交際していた相手と再会したらしきことですか？』

マルコが、いきなり核心に踏み込んできた。いずこは怯んでしまう。

『――聞いてたの？』

ややあってから、そう返すのが精一杯だった。

『わたしはテラスにいました。何を話していたのかまでは分かりません。ただ、これまでのいずこの言動や部屋に戻ってからの様子から推測したまでです』

『そう』

まあ、分かりやすい話ではあるだろう。過去に男関係で何かあったらしき女が、旅先で旧知の間柄らしき男と出くわし、散々口論して部屋に戻ってきたら泣いているのだ。

『やり直さないかって、言われた』

ぽつりといずこは呟《つぶや》く。マルコの返事は、ない。

「もう一度だけ、チャンスをくれ」

――言葉を失ったままのいずこに、善徳はそう言ってきた。

「いずこがいなくなって、俺は自分の傲慢さに気づいた。自分のことばかり考えて、知らない間にいずこを追い詰めてた。いつも計算ばかりで、誠意を持っていなかった」

いずこは唖然《あぜん》とした。信じられない。あの善徳から、こんなに謙虚な言葉が出てくるなんて。

「俺は、近くの宿に泊まってる。もし良かったら、メッセージくれ。アカウントは変えてない。ブロックされてたかもしれないけど、俺はしてないままだから」

いずこは、拒否することができなかった——


スマートフォンを取り出して、メッセージアプリを立ち上げる。ブロックは——していなかった。やはり、心のどこかに、未練があったのかもしれない。

善徳のアカウントを開く。メッセージログは消したので（逆上しまくっていて、それを見返すとまた同じように逆上してしまうので精神衛生上削除する他なかったのだ）、メッセージ欄はまっさらだ。ここに、新しいやり取りを書き込んでもいいのだろうか。

『いずこが決めることです』

マルコが、そんなことを言った。

『いずこの人生なのですから』

マルコとは思えないほどに、普通で、常識的で、ありきたりな言葉だ。

『現代のジパングの人々は、マルコたちからすると本当に信じられないくらい様々なことを自分で決めることができます。勿論《もちろん》、未《いま》だ様々な形で制約や抑圧は大いにあるので、あまりひとまとめにすべきではないですが』

何を言わんとするのかは、よく分かる。

『個人を確立するためには、確立した個人の意見を持ち、それに基づいて行動せねばなりません』

その言葉が正しいことも、よく分かる。

『そして、権利を行使することは義務でもあります。自分を捨てて安易な道に流れることは、自分で考えることをやめて誰かに依存することは——』

『もういいから』

——分かるけれど、今は聞きたくない。

『いずこ、わたしは——』

「さ、メイクしよ」

いずこは念じるのではなく声に出してそう言い、話を打ち切った。

「あ、いずこさん。いらないですよ」

奈月が、そんなことを言ってくる。

「え、なんで？」

いずこは再びベッドから身を乗り出した。まさか、いずこはすっぴんで通用するとかいう話ではないだろう。そうではないことは、いずこ自身が一番よく知っているという話である。

「しなくていいですし、むしろしちゃダメなんです。海を汚しちゃいますから。わたしメイクしたまま寝ちゃったから落とさないと」

ベッドの下から顔を出して、奈月が言う。

「なにしろわたしたち、今からダイビングするんですから」


初めて着たウェットスーツは、想像以上にぴったりしていて体を締め付けてきた。しかも暑い。見た感じ涼しそうだと思っていたのだが、それは大きな誤解だった。

「では、ここでタンクを背負って、あとゴーグルも下げます。フィン、この足びれみたいなのはぎりぎりまで手で持っていきます」

五木さんが説明する。はきはきと歯切れがよいこともあって、とても聞きやすい。他のみんなも、集中して耳を傾けている。

「ほら、みんな。大事な話だから聞くんだぞ」

おっさんが、なぜか前に立って仕切り出した。みんな慣れたのか適当に聞き流している。

いずこたちがいるのは、砂浜近くの堤防から降りたところだった。近くには空気の入った人数分のタンクが置かれている。

最初いずこはそれを酸素ボンベ酸素ボンベと言っていたのだが、一般的には「タンク」

と呼ぶらしい。タンクは砂が入らないよう、下にシートが敷かれていた。

「じゃ、タンク背負って海まで歩きます。十五キロはあって重いので、ほんと気をつけてくださいね」

五木さんの話を引き継いで説明を始めたのは、柴田《しばた》さんという女性だった。体はよく引き締まり、肌は健康的に日に焼けていて、いかにもアウトドアな雰囲気である。

「海の近くまで砂浜を歩いてから、フィンをつけて、最後にレギュレーター——タンクとつながっていて空気吸うやつですね、これをくわえます。またダイビングスポットに着いたら改めて説明しますね。じゃあ、行きましょうか」

柴田さんが促し、皆がタンクの傍へ移動する。

「——むっ」

タンクを背負うなり、いずこは呻《うめ》いた。重い。同じくらいの重さの子供をドリンクバーで持ち上げたことがあるはずだが、全然違う。

フィンを持って歩く。常時、体が後ろに引っ張られるような感じだ。しかも足元は砂で踏ん張りづらい。しかも日光を吸いこんで熱い。これは大変である。みんなきっと苦労していることだろう。

「——ええっ」

と思いきや、他のみんなは先へ先へと進んでいく。大学生の一団や奈月はおろか、おっさんや松木さん夫妻でさえいずこよりも速い。いずこは、ぶっちぎりの最下位だ。

レクチャーで、五木さんやショップの店長が「ダイビングは五歳児からお年寄りまで幅広く楽しめる」みたいなことを言っていたが、いずこの運動神経の鈍さはその広い幅からさえはみ出してしまうらしい。型破りの鈍くささということなのか——

「——!」

などと考えていると、いずこはすっ転んだ。それはもうど派手に尻餅をついた。砂浜に足を取られたのだ。

「あつ、あつ」

日光をたっぷり吸いこんだ砂が、いずこを受け止める。火傷しそうなほど熱い抱擁である。ありきたりな国産ポップスの歌詞のようだが、本当に洒落にならないほど熱い。

何とか立ち上がろうとするが、タンクが重くてかなわない。このままだと、いずこのお尻が焼けてしまう。重いものを背負ってお尻が焼けるとは、若干かちかち山じみてきた——。

「失礼します」

そんな声が聞こえたかと思うと、がばっといずこは抱き起こされた。

「大丈夫ですか?」

マルコだった。勿論三頭身ではなく、元の姿である。

「ありがとう——ございい、ます」

すんでのところで、他人を装う。

「どういたしまして」

そう言って、マルコは微笑んだ。

「立てますか」

続いて、嫌そうな顔一つせずいずこを立たせてくれる。

「すいません、差し出がましい真似をしまして。目の前で転ばれたので」

慌てて近づいてくる柴田さんに会釈をすると、マルコは去って行った。

ほんの一瞬の登場だが、残したインパクトは大きかった。大学生グループの女子たちはみなハイテンションでアイコンタクトをし合い、「うそ、めっちゃイケメンじゃない？」みたいな囁《ささや》きも交わしている。一方男子たちはふてくされていて、おっさんもいっちょまえにふてくされている。まあ、外見だけならハリウッド俳優を詐称《さしょう》できるほどだし、着ているいずこが買った洋服は似合っているしで、本当に通りすがりのハンサムな白人男性といった感じなのだろう。

「大丈夫ですか？」

さて奈月はというと、マルコよりもいずこのことが気になって仕方ないらしい。とことこちらに近づいてくる。

「大丈夫ですか？　すいません、ほったらかしで」

柴田さんが、すまなそうに言ってくる。

「そんな。わたしが、勝手にすっ転んだだけですから」

実際いずこがどんくさいからこうなっただけのことで、実に恥ずかしい。柴田さんはタンクを背負っていても軽快そのものの動きで、その対比がなおのこと恥ずかしい。

「とんでもないです。――ん？」

ふと、柴田さんが不思議そうに辺りを見回した。

「どうしました？」

「いや、さっきの人がいきなりいなくなっちゃったなって」

げっ、と息を呑《の》む。確かに、見回してもマルコの姿はどこにもない。いきなり三頭身の姿に変化したようだ。

『助けてもらっておいてなんだけど、急に姿を消すのはどうなのよ。インストラクターさん、めっちゃ困惑してるわよ』

『あまりうろうろしていると困ったことになる、と言うのはいずこの方ではないですか』

『それはそうだけど、でも今はちょっと違うでしょう。そもそも、ここで小さくなって大丈夫なの？　三頭身じゃ、この砂浜ってシルクロードよりもキツいんじゃない？　また脱水起こしたらどうするのよ』

『同じ過ちは二度犯しません。そういういずこはどうなのですか？』

針《はり》を忍ばせているかのようにも聞こえる物言いに、いずこは黙り込む。

「それじゃ、行きましょうか」

丁度タイミングよく、柴田さんが声をかけてきた。

「はい、お願いします」

ここぞとばかりにいずこはそれに乗り、マルコの言葉を流す。

柴田さんがついていてくれたこともあり、いずこはどうにか波打ち際まで辿り着くことができた。

「じゃ、最後の確認です。二人一組でやってください。タンクの栓は開いてますか？　レギュレーター吸って空気入りますか？　残圧計の数字は大丈夫ですか？」

五木さんが、確認事項を告げていく。

『わたしは、海の中まではついていけません。息ができないと死んでしまいます』

もう死んでるでしょ、というといういつもの軽口も封じ、いずこは奈月と組んで確認を始めたのだった。


「――ん」

善徳は、ベッドの上で目覚めた。昨日は遅くまで寝られなかったのだ。

半身を起こししばらく考え込んでいると、

「どうしたの？　怖い顔して」

そんな声がした。――ベッドのすぐ隣から。

「いいや、何でもない」

善徳は、ちらりと隣を見る。そこには、亜沙美《あさみ》が——今の彼女がいた。いずこよりも若く、顔も体もいい。実家は資産家で、通っているのは誰もが知るお嬢様大学だ。つまり、ありとあらゆる点でいずこより「上等」である。

ではなぜ、いずこにこだわるのかというと、それには理由がある。

金？　違う。あんなただの会社員から巻き上げられる額などたかが知れている。手が後ろに回る危険を冒してまで強請《ゆす》る価値などないし、そもそも自分はたかりゆすりのような卑しい行いに手を染める必要はない。他人の金をあてにして生きねばならないほど、堕《お》ちてはいない。

愛情？　それも違う。元々、特定の相手がいないエアポケットのような時期にタイミングよく会ったからしばらく相手にしただけだ。ああいう地味で目立たないタイプと付き合ったことがないので「人生経験」というのもあったし、きっちり働いているので切ろうと思えばいつでも切れると考えたのもあった。社会の中で役割を背負っている女は、関係がこじれても滅多なことではその役割を捨てたりしないものだ。

では、理由は何か。それは、雪辱である。

今まで、女との関係を終わらせる時はいつも善徳の方から捨てていた。用済みになったり、興味が薄れた時点で、後腐れがないよう相手に責任を負わせた上で自分から振るというのが善徳のこだわりだった。ひどい女に捨てられた、という形にすれば次にちょろい女を簡単に引っかけられるのだが、そこはプライドが許さない。少しばかり道化を演じてみたりするくらいならまだしも、女なんぞに憐《あわ》れみを受けるところまで行ってしまうと男として恥ずかしい。女には、しっかり分相応を分からせる必要がある。

しかし、いずこの時だけは違った。責任はあちらに負わせる形を作れたが、結局善徳が振られる流れになった。そこで取り乱しては恥の上塗りなのでなんとか堪《こら》えたが、どうかしてしまうのではないかと思うほどの怒りがこみ上げていた。これまでの人生でも、あそこまでコケにされたことはなかった。

それがたとえば誰もが羨む最上級の女なら、まだ納得がいく。しかし、実際は一山いくらのOL風情である。善徳の自尊心はひどく傷ついた。消えない汚点になった、と言っていいだろう。

だからこそ、宿のテラスでバーベキューしているのを見つけた時には興奮した。まさかこんなところで、リベンジのチャンスが訪れるとは。亜沙美のふわふわした下らない話を延々と聞かされることに飽き飽きし、理由をつけて一人で散歩していたのだが、幸運とはどこに転がっているのか分からないものだ。

「どうしたの、善徳くん」

亜沙美が、訊ねてくる。

「何か、哀《かな》しいことがあったみたい」

危うく失笑するところだった。まったく分かっていない。この女がいずこより劣る面があるとすれば、それは頭の出来だった。学力とは別の、人間としての知性でいずこに後れを取っている。善徳は女にその辺りの能力を求めていないので、特に気にはしないが。

「まあ、そんなところかな」

ただ、嘲《あざけ》るだけである。まあ外が華やかで内側が空っぽなら、それはそれで飾りとしては扱いやすい。変に中身が詰まっていても、重たいだけだ。

「気遣ってくれて、ありがとう。亜沙美が傍に居てくれてよかった」

女が気に入るであろう言葉を適当に並べ抱き寄せながら、善徳は考える。今頃、あの女はきっと悩んでいることだろう。それをじっくり煮詰めていくのだ。ぎりぎりまで追い込めば、何か連絡してくる。そこに網を張っておけば、一丁上がりだ。

口元が緩む。あの女は、やがてもう一度自分に従うだろう。そうしたら、今度こそ生意気な鼻っ柱をへし折り、頃合いを見てぼろ布のように捨てるのだ。あの女の顔が絶望で覆われるその時が、待ち遠しくて仕方がない――


海の中は、陸の上とはまったく違う世界だった。海中の映像やダイビング中の様子というものはテレビなりなんなりで何度も見たが、実際にその場に身を置いてみると圧倒的だった。

五感そのもので感じる海中。ずっと潜っていても続く呼吸。海の中で生きる生物たちの姿。何もかもが、新鮮である。

見上げると、水面《みなも》が日光を反射してきらきらと光っている。その距離は、ちょっとどきりとするくらい遠い。人生において、これ程までに深く水の底まで潜ったことは未だかつてなかった。

なにしろ、下を見れば間近に海の底が見える。迂闊《うかつ》に近づいてフィンで砂を巻き上げると、眺めが悪くなったり海底の環境に悪影響を与えたりするので気をつけるようにと言われているので、あまり沈みすぎないようにする。

潜ると言えば、プールで潜るとゴボゴボぼこぼこと聞こえるものだが、今はそんな感じはない。タンクから流れてくる空気の音、あるいは自分の呼吸か、そういう音だけが響いている。雰囲気で言うと、スターウォーズの有名な敵役みたいな感じだ。何だか、意外なほど静かである。おっさんの言葉も、何から何まで間違いというわけでもなかったようだ。

そのおっさんはというと、一同の先頭をきって移動している。正確には柴田さんが一番前で先導しているので先頭ではないが、見るからにうきうきだ。おっさんに限らず、他の人たちも皆はしゃいでいる。大学生たちや奈月は勿論、松木さん夫妻も何かある度にジェスチャーであれこれやり取りしている。

いずこは、その後をついて行っていた。最後尾というわけではなく、いずこの更に後ろ、全員が見渡せる位置に五木さんがいる。

みんなが楽しんでいることは、いずこにも分かる。しかし、共有しきれていない。頭で理解はできても、心が追いついてこない。心は、泥沼の中にどんどん沈んでいる。

少し前を行く奈月は、いずこの方を振り返りもしない。ただ周りの光景に、あるいはダイビングそのものに心を奪われてしまっているという感じだ。本当に、体験してみたかったのだろう。だったら、いずこのことなど気にする必要もない。

（あ、そうか）

いずこは、気づく。今いずこは大勢の人と行動している。しかし、いずこは一人だ。誰も、いずこのことなど気にしていない。いずこは——独りぼっちなのだ。

気づいてしまった孤独が、いずこを取り囲む。周囲の海水と同化して、いずこを閉じ込めてしまう。

そう、どこまでいっても孤独なのだ。人間は、所詮、独りきりなのだ。何か珍しい出来事があった時には、自分たちは一つになったとか気持ちが通じたとか勘違いしてしまう。でもそんなものはまやかしで、熱はすぐに冷めるし幻は程なく消えてしまうのだ。

寂しい。本当に、寂しい。胸に穴が開いてしまったかのようである。すっかり忘れていたはずの感覚が、甦《よみがえ》ってくる。穴は塞がっていなかった。ただ単に気にならなくなっていただけだった。何かあれば、こうしてその存在を主張し、またいずこを苦しめてくるのだ。

善徳の誘いが、ひどく魅力的に思えてきた。一時的なものでも、長続きはしなくても。この寂しさを埋めてくれるなら、それでいいのではないか——

（——ん？）

ふと、おっさんの様子がおかしいことにいずこは気づいた。まあ常からおかしいおっさんであるが、今回はとびきりである。

何やら、パニックを起こしたようにばたばたしている。周囲の面々が、驚いて距離を取った。レクチャーされたことなのだが、あまり近づきすぎると互いの機材同士が絡まったりしてとても危険なのだ。

おっさんが暴れ、みんなが逃げる。周囲がすべて水なこともあり、それぞれの動きは共にスローなのだが、みんな必死であることが伝わってくる。

（――あっ）

しばし眺めていて、いずこは気づいた。おっさんの口から、レギュレーターが外れている。おっさんは海中で息ができなくなり、パニック状態なのだろう。

だったら海面まで上がればよさそうなものだが、そうもいかない。深いところから一気に上がると、水圧の関係で様々な不具合が起こるのだという。外れた時の対策も教えてもらっているのだが、おっさんの頭の中からはすっ飛んでしまっていたようだった。

そんなおっさんに、一人だけ近づいていく人がいる。五木さんだ。おそらくこういう事態も想定していたのだろう、他の誰よりも素早い。

さすがにおっさんに溺《おぼ》れて死ねとは思わないし心配もしたが、この頼もしさなら大丈夫だろう。

何もかもが、遠い彼方の出来事であるかのようだ。緊張感だけではない。そもそも実感がないのだ。ただただ、ぼんやりとしている。自分と周囲の世界に、衝立《ついたて》をおかれてしまったかのようだ――

――その時。いきなり濁った色合いの煙のようなものが湧き上がってきて、いずこを取り込んだ。じたばたするおっさんが、海底の砂を蹴り上げたのだ。

陸上で砂を蹴ってもぱっと飛び散るだけだが、水の中ではほとんど煙幕の如く広がる――レクチャーの時に聞いた。その時は、「確かに水の中だとそうなりそうだな」と漠然と聞いていたが、まさかここまでのものとは思いもしなかった。

実感がないとかぼんやりしているとか、そういう次元ではない。本当に、物理的な障壁がいずこと世界の間に生まれてしまった。

何も見えない。元より聞こえる音はタンクからの音だけ。いずこの周辺にあるのは、ただいずこだけ。

完全な孤立は、否応《いやおう》なくいずこの眼前にいずこ自身を突きつけてくる。孤独に怯《おび》える弱々しく繊細な内面と、いずこは無理やり向き合わされる。

――やっぱり、無理だ。いずこはそんなことを思う。気づかないようにしていたこと、分かっていないふりをしていたことを、認める。

いずこは、独りではいられない。脆《もろ》く、無力な存在なのだ。

やっぱり、よりを戻した方がいいかもしれない。諦めにも似た感情が、いずこを支配していく。

自分の呼吸音しかしない世界に、音がもう一つ加わる。心が拗《ねじ》ける音だ。どうせ、わたしなんて。所詮、わたしなんだ。警報音が鳴り始めるが、すぐにかき消されてしまう。あの男を信じることは、危うい。理性がせっかくそう告げてくれているのに、音を立てて拗ける心はそれを無視する。いいんだ、これでいいんだ。こんなに寂しいなら、こんなに苦しいなら。たとえ「つらさ」であっても、穴を埋めてくれるのなら――

「――！」

いずこの口から、沢山の泡が吐き出された。驚いて、息を吐き出したのだ。レギュレーターも危うく口から外れ、おっさんの二の舞になるところだった。

一体何に驚いたのか。腕を摑《つか》まれたのである。誰かが、砂の煙幕の向こうから手を伸ばしてきて摑んでくる。力は、必ずしも強くない。しかし、そこに宿る意思は剛《つよ》かった。絶対に離さないという思いが、伝わってくる。

相手の顔も姿も見えないが、いずこには誰なのか分かった。奈月だ。

ふっ、と。心に何かが宿る。海水に全身を包まれていてもなお感じられる、温《ぬく》もり。物理的な熱ではなく、胸の奥深くに直接染み込んでくる。それゆえにずっとぽかぽかするのだけれど、火傷することもなく抱き締めていられる。

巻き上がる砂の煙幕が、徐々に薄くなっていく。いきなり完全に消えることはないが、それでも周囲の様子はよく見えるようになってくる。

いずこの腕を摑んでいたのは、やはり奈月だった。マスク越しではっきりとは分からないが、いずこのことをとても心配しているようである。

奈月は、手を離さない。きっと、砂に巻き込まれたいずこがよほど力ない感じでいたのだろう。朝方にいずこの目が真っ赤だったことも思い出し、何かあったことに気づいてしまったのかもしれない。

申し訳ない気持ちになる。せっかく奈月が楽しみにしていたダイビングを、いずこのせいで台無しにしてしまっているのではないか――

――きゅっ、と。奈月がいずこの腕を握り直してきた。それだけで、いずこは分かった。何を言ったわけでもないし、何を言われたわけでもない。だというのに、奈月の気持ちが通じてきた。

一人で悩まないで、とか。寂しくてもわたしがいます、とか。言葉に置き換えることも不可能ではないだろう。しかし、きっと言い表しきることはできない。

それら全てを内包し、しかもただ足し算したのではなく、合わさることによって更に変化し新しい側面を持つようになった、そんな――思い。

いずこは、目の奥が熱くなるのを感じた。涙が、出そうだ。この場合、泣いてしまったらどうなるのだろう。マスクの中が涙で一杯になり、何も見えなくなってしまったりするのだろうか。レクチャーにおいて、海中で突然感極まって泣いてしまった時の対処法については触れられていなかった。多分、体験ダイビングでそういう事態が発生することは想定されていないのだろう。

泣かないよう頑張りながら、いずこは奈月に答える術《すべ》を探す。言葉の通じない海の中だからこそ可能な、言葉に頼らない、言葉を超えた、そんな気持ちの伝え方。

考えて、考えて。いずこはもう一方の手を奈月の手に重ねた。とてもシンプルなやり方だ。その単純さの中に、ありったけの気持ちを込める。想《おも》いを、注ぐ。

奈月の手が、驚いたようにびくりとする。それから、自分のもう一方の手を、いずこの手の上に重ねてきた。――伝わった。いずこは感じた。自分の想い。感謝であったり、感動であったり、感激であったり。それらすべてであり、またそれら以上でもある大きな感情の塊が、確かに奈月に伝わった。

奈月が手を離し、先を行き始める。いずこを置いて行っているわけではない。何のジェスチャーもないけれど、確信できた。奈月は、こう言っているのだ。――一緒に、楽しみましょうと。

小さく頷く。ようやく、いずこの体験ダイビングが始まった瞬間だった。

『何か、見つけたようですね』

つまみとして出されている海の幸からスナック菓子まで幅広く平らげていたマルコが、ふとそんなことを言ってきた。

『――かもね』

いずこは缶ビールを手にしながら、そう答えた。

打ち上げは、前回のバーベキューよりも快適だった。一緒に海に潜ったことにより他の皆との距離が近づいて感じられるし、潜る前までやかましかったおっさんはさすがにしょぼくれていておとなしい。

『心配かけちゃったかな。ごめんね』

そんなリラックスゆえか、いずこはごく自然にそんなことを口にした。

『いずこがわたしに素直に謝罪の言葉を口にするとは。マルコは知っています。こういう異常な事態が勃発した場合、ジパングでは翌日に雪が降ります』

マルコが、びっくり仰天してくる。

『晩夏の伊豆に雪が降るわけないでしょ。というかわたしが素直に謝ると異常って、失礼すぎない？』

箸を使って、マルコをえいえいと突く。

「いた、いたた。いずこ、暴力はいけません」

いずこの箸に追い立てられ、マルコは逃げ回る。

『これではゆっくりものも食べられません。しばし身を隠します』

そう言うと、マルコはすたこらさっさと走り去ったのだった。

「――む」

もしかしたら、箸でいじめすぎてへそを曲げてしまったのだろうか。

『マルコ、どこ行ったの？　怒ってんの？』

とりあえず呼びかけてみる。

『マルコ、聞いてるの？　何とか言いなさいよ』

『はいはい、失礼しました』

ようやく、マルコが返事をしてきた。

『別に怒っていません。少し、やることを思い出したので』

『やること？　あんた旅以外にやることあるの？』

『いずこから見たわたしは、旅以外に特徴のない存在なのでしょうか。人間的厚みがないと言われたようで哀しくなります』

『実際基本的に旅の話ばっかりじゃない』

『そう言われると返す言葉もありませんが。――星を観ているのです』

『星を？』

意外な答えだった。マルコにとって、星なんて方角を知るための目安程度でしかなさそうなものなのだが、観察して楽しむ対象でもあったらしい。

『普段、いずことと住んでいるところは星が見えません。しかしこの辺りは夜空が眩《まば》ゆい程綺麗なので、一度ゆっくり見たいと思っていました』

『なるほどね』

何となく、納得がいく。マルコの生きていた頃は、ネオンも街灯もない満天の星空だったわけだから、都心部の天の川も見えないような夜空は寂しく感じられるのだろう。

『でも、一人で大丈夫？』

『大丈夫です。ご心配なく』

『どう大丈夫なのかさっぱりだけど、まあお気をつけて』

そう告げると、いずこはふうと息をついた。

「伊豆のビーチ！　わたしに向かって叫べ伊豆のビーチ！」

奈月の酔った大声を聞きながら、ぼんやりとする。色々なことがあった一日だった。思い悩み、海に潜り、泥沼にはまりそうになり、そこから引き上げてもらい、たらふくお酒を飲み。朝と今とでは、自分がほとんど別人のようである。これまでの旅行もいずれ劣らぬ密度のものばかりだったが、今回は段違いな気がする。

余韻に浸っていると、ぶるぶるとスマートフォンが震えた。パターンからして、メッセージアプリだ。

手にして、電源をつける。ロック画面に表示された通知から、送ってきた相手が分かった。——善徳だ。

ざあ、ざあと。波音の響きが、絶え間なく繰り返される。

「来てくれたんだね」

その音をBGMにして、善徳が微笑みかけてきた。完璧なイケメンの笑顔である。絵になる男だ。

「ええ」

いずこは、それににっこり会釈を返した。完全なすっぴんの笑顔である。絵どころか一文にもならないかもしれないが、それがどうしたという感じだ。

――驚くくらい、落ち着いていた。決心はついている。覚悟もできている。一切化粧していないことも、その現れだ。

「じゃあ、行こうか。部屋、用意してあるんだ」

善徳が、少しずつ近づいてくる。

「は？」

それを、いずこは笑顔のままで迎え撃った。

「お断りなんだけど。誰が都合のいい女に逆戻りするもんですか」

呆然とする善徳、その鼻っ面に拒絶の言葉をバンバン叩き込みまくる。

「え？」

善徳は、笑顔のままで立ち尽くした。いずこは手応えを感じる。あの口の上手い、何を言っても言い負かせてくる善徳をして、絶句させている！

「え？　じゃないわよ。あんたのやったことが、ごめん反省してる程度のことで済むと思ってんの？　一旦終わったことはね、二度と元には戻せないのよ」

いずこが言い募り、善徳が黙っているという点では昨日と同じである。しかし、本質的な部分は全く異なっていた。

「大体、あんたみたいな人間が一人で海に旅行に来るわけがないでしょ。大方他の女連れだったけど、わたしを連れ込むために先に返したんじゃないの」

昨日のいずこはただ泣き喚《わめ》いているだけだったし、昨日の善徳は（今思えば）聞いている振りをしているだけだった。今日のいずこは相手を徹底的にやり込め、今日の善徳は返す言葉もなく黙り込んでいるのだ。

「いや、それは」

善徳の笑顔が、崩れそうになる。その度に表情筋を動かして戻そうとするので、表情筋の反復トレーニングみたいになっている。見ているこっちが笑ってしまいそうだ。

「とにかくお断りだから。今のわたしには、楽しい趣味と、大切な友人たちがいるの。それで十分なの。女がみんな恋愛なしで生きていけないなんて思ったら大間違いよバカ。わざわざあんたみたいな嘘つきで不誠実な男に傷つけられ裏切られしながらじゃなくても、人生楽しくやっていけるのよ。ほんとは無視してもよかったんだけど、思い上がってるあんたじゃ気づかないだろうから、わざわざ教えに来てあげたのよ。いい勉強になったわね？」

善徳が、笑顔のままフリーズした。絵になる男だが、今の様子は実に滑稽である。「いついかなる時でもどんな女も騙せると思っていたら失敗した馬鹿男」みたいな感じのタイトルをつけて、ポートレートにできそうだ。

「じゃあさようなら。もう絶対会わないし連絡もしないから」

胸が空く思いでそう言い残すと、いずこは善徳に背中を向けて歩き出す。二度と振り返ることはしなかったし、一度もそうしようとは思わなかった。

「——なん、なんだよ」

一人残され、善徳は呆然と立ち尽くした。

揺さぶりに揺さぶった上で浜辺に呼び出し、強引に抱き締めるなりキスするなりしてペースに持ち込む。そういう算段だった。

女は弱い生き物だ。既成事実を作れば、それに自分の考え方を合わせようとする。強引にキスされたとしたら、その事実に反発するのではなく、「実は好きだった」と自分の気持ちを事実に従わせるのだ。今まで、色々な女に効果を発揮してきた手だ。

勿論、限度というものはある。壊れてしまわないように、ぎりぎりのところで調整するのだ。モテるモテないというのは、財力でも能力でも外見でもない。結局のところその技術の差だ。どれだけ女を上手く操るか、従わせるか。その上手い下手で決まるのだ——そう信じていた。

だというのに、これはどうしたことだ。初っぱなから一方的に言い負かされ、ほとんど何もできなかった。起きている事態が把握できず、ただ立ち尽くす。

ポケットの中のスマートフォンが振動した。このパターンは、メッセージアプリだ。いずこだろうか。

『あの、善徳くん』

いずこではなく、亜沙美だった。部屋を空けるために、先に帰したのだ。善徳が何も言えなかった理由の一つだ。いずこの読みは、完全に当たっていたのである。

『わたし、見てたんだけど。あの女の人、誰？』

善徳が返事を打つ前に、亜沙美は次々メッセージを送ってくる。

『一人で見て回りたいとか言いながら、全然違ってたんだね』

啞然とする。まさか、善徳の言葉に従う振りをして様子を見ていたというのか。自分はこっちの女にも——一杯食わされたのか。

『ほんとは、最近ずっと善徳くんのことなんだかしんどかったんだ。わたしのことバカだと思って話してるし、いつも偉そうだし。でもその割に、知識は浅いし感性は薄っぺらいし。だからちょうどよかったです。さようなら』

そんな言葉を残して、亜沙美が沈黙する。既読の表示もつかない。スマートフォンを確認しなくなったのか、あるいはブロックされてしまったのか。

「なん、なんだよ」

昔の女に袖にされ、今の女にも捨てられ。最低最悪だ。

「──よくも」

真っ白だった頭が、徐々に違う色へと染まっていく。それは真っ赤な怒りだ。二人の女から立て続けに屈辱的な扱いを受け傷ついたプライドが、血を流している。

「よくも、よくも」

ブランドだけの女子大に通う中身なし女や、賞味期限の切れかけた歳《とし》のＯＬが、生意気にも程がある。

「許さねえ！」

まずは、いずこだ。仕事柄、自分の身元を隠して誰かの悪評を流す方法などいくらでも知っている。

会社にいられなくしてやる。学生はぎりぎりやり直しも利くが、社会人はそうもいかない。一旦こぼれ落ちれば、それまでである。どんな無様な姿を晒《さら》すか、楽しみだ──

「失礼しますよ」

そんな声がして、いきなりスマートフォンを奪われた。

「なっ──」

驚く間もなく、スマートフォンは遙《はる》か遠くの海の中へと投げ込まれる。ぼちゃんという音が響くが、一体どの辺に落ちたのか見当もつかない。

「何するんだ！」

奪ってきた誰かの方を向き、怒鳴りつける。

「何かと言われれば、警告です」

相手は、しれっと答えてきた。金髪に青い眼の、白人の男である。背は高く、顔は整っている。不愉快なほどの美形だ。着ている服は明らかに安価なファストファッションなのに、しっかり着こなしている。

「これ以上、いずこに近づくのは止めてくれませんか」

男が、そんなことを言ってきた。

「は？　なんだお前、いずこの男かよ」

だとしたら驚きである。いずこ程度の女が、これほどの美男子をものにするとは。釣り合わないにも程がある。

「残念だったな。いずこは、元彼の俺にも色目を使ってどっちにしようか迷うような女だ。あんたがこだわるような値打ちはないよ」

悪意を込めて、そう言ってやる。

「警告はしました」

しかし、男の青い瞳に動揺の色は浮かばなかった。

「いずこは、自分で自分の人生を生きると決めました。それを邪魔するなら――」

代わりに宿るのは、

「――容赦はしません」

凄《すさ》まじい程の、威圧感。

「なっ——」

善徳は、竦《すく》み上がった。ただ見つめられているだけなのに、押し潰されてしまいそうだ。

冷や汗が噴き出す。震えが止まらない。

思考ではなく直感で、理性ではなく本能で、善徳は把握する。目の前にいる人間は、只《ただ》者《もの》ではない。この男に、自分は決して——かなわない。

「なん、なんだ、お前」

上擦《うわず》った声で、ようやくそう訊ねる。

「わたしですか？」

威圧感はそのままに、男は唇を緩めて笑った。

「いずこの、旅仲間ですよ」


目覚めは、実に残念なことにそこまで爽やかではなかった。お酒が若干残ってしまったのだ。善徳をやっつけた後、たらふく飲んだのである。

「うー」

ベッドの下の段から、奈月の呻《うめ》き声が聞こえてくる。昨日は平気そうだったが、二日続けての深酒は奈月の若さをもってしても乗り切れなかったらしい。

「よっと」

いずこは身を起こす。今日は海に潜るわけではなく、バスに乗って帰るだけだ。よってメイクをしなければならない。飲み過ぎてくたびれた顔をどうにかする必要があるわけだ。

「あ、そういえば」

ふと、いずこはマルコのことを思い出す。昨日は、結局マルコが戻る前に寝てしまった。ちゃんと帰って来られたのだろうか。

見回してみると、机の上に三頭身マルコが大の字になって寝ていた。ぐうぐうと、高いびきである。

その太平楽な雰囲気に、いずこは思わず微笑んだのだった。

エピローグ

尼崎《あまがさき》で温泉

最近のちょっとした楽しみは、画像SNSからの通知を確認することである。実にささやかだが、いずこのなんということもない日常では納涼花火大会くらいのインパクトがある。というわけで、今日も家のテーブルで確認しているのである。

最近の旅の記事を奈月《なつき》やいつかがシェアしてくれることもあり、いずこの投稿は身内だけではない広がりを見せている。色々な人が、反応をしてくれるのだ。

「いいね」されるだけで嬉《うれ》しいし、コメントが来るともっと嬉しい。自分を表現するのは楽しかったけど、それに対して誰かが反応してくれるのはもっと楽しかった。人間が発表するのは——表に向かって発するのはなぜか。そのことを、いずこはよく理解する。

『ntaan_ansyu　てりかつ丼おいしそう！』

見ず知らずの誰かが、写真を通じていずこの気持ちを共有してくれる。旅の思い出が、いずこの心の中だけでなく誰かの心へと広がっていく。

『Marco_Polo_Viaggio　Bravissimo!』

感慨に耽《ふけ》っていると、なんか変なコメントが来た。

「荒らしが現れたわね。通報しようかしら」

「素晴らしい《ブラヴィシモ》とコメントしたのです」

コメント主が言ってくる。なるほど、字面的にブラヴォーの仲間みたいなものか。

「しかし、面白いものですね。今の時代は、旅の思い出をこのようにして共有することも可能とは」

コメント主であるマルコは、いずこの向かいでタブレットを操作していた。

「そのタブレットまるで自分のものみたいに使ってるけどさ、あげた覚えないんだけど」

「わたしの頃は紙でしたが、広めるための手段はもっぱら写本でした」

いずこの指摘を鮮やかにスルーして、マルコは過去に思いを馳《は》せる。

「あー、大量に印刷とかできなかったんだね」

そういえば、三大発明の一つが確か活版印刷だったはずだ。残り二つは思い出せないが、なんにせよマルコの時代には本は書き写すものだったのだろう。

「写本する人が自分の判断で内容を削ったり書き足したりするのが普通だったので、思いがそのまま形にできるのはとても羨ましく感じます」

マルコがふうと溜息《ためいき》をつく。色々な思いがあるのだろう。それは分かるがそのタブレットはいずこのものである。いずこはさっとタブレットを取り上げた。

「あっ、なにをするのですか」

マルコが抗議してくる。

「わたしのタブレット、勝手に使わないで。使うなら使用料取るわよ」

「では、これでお支払いします」

マルコは、何やら丸いものを出してきた。

「なにこれ」

見た感じは金色のコインのようだ。杖《つえ》を持った髭《ひげ》のおじさんとその前に跪《ひざまず》くおじさんが描かれ、その周囲を何語かわからないアルファベットらしきものが取り囲んでいる。

「ヴェネツィア共和国のドゥカート硬貨です」

「絶対現代日本で使えないやつじゃない。円で支払いなさいよ」

「マルコは知っています。ジパングにおいて、金は天下の回り物なのです」

「どういう理屈よ。最初の時みたいにそこでくるくる回り出すの？」

わいわい言っていると、また通知が来た。

『bell_awaits　次の更新も楽しみにしてます！』

「ふむ」

随分と期待されている。そうなると、応えたくなってしまうのが人情というものだ。

少し考える。今は結構仕事が忙しく、気軽には有休が取れない。行くなら週末に住んでいる所からそう遠くない辺りか、あるいは新幹線の沿線だ。新幹線の沿線というと名古屋や京都が浮かぶが、もう既に訪れている。となると――

「よし、大阪に行くわよ！」

いずこはそう決断した。

正直なところ、写真を撮るにはベストだという計算もあった。カニが動いたり、グリコの看板があったり、SNS映えするスポットには困らないはずだと考えていたのだ。

「あっれえ」

しかし、ぴんと来ない。太陽の塔、大阪城。あちこち巡って写真を撮ってみるが、いまいちしっくりこない。なんというか、浮き立つような楽しさがないのだ。大阪はオモロイところではないのか。なんでやねーん。

『ふーむ』

普段はわいわいうるさいマルコも、言葉少なである。こんな時くらい何か喋《しゃべ》って欲しいのに、何を黙っているのだ。

散々あちこち歩き回り、ついに限界がきた。

「――っ、疲れた」

いずこはリュックを脇に下ろし、ベンチに腰かける。目の前には、お城がそびえ立っていた。尼崎城というお城だ。その名の通り大阪の隣にある尼崎に近年復元されたお城で、往時の姿を再現したものなのだという。尼崎市は正確に言うと兵庫県なのだが、大阪府のすぐ隣で電車でわずか一〇分ほどなので来てみたのだ。大阪がいまいちなら、近隣に当たってみようという目論見。

いずこは尼崎城を見上げる。新しいお城は立派で格好いいのだが、どうにもしっくりこない。何だか城に申し訳なくなってくる。

『わたし、どうしちゃったんだろう』

そう問いかけるが、返事はない。

『もう、なんか言ってよ』

いずこは、リュックのサイドポケットを見る。

『今のは単なる独り言かと思って、聞いておりませんでした』

マルコが、そっぽを向いてそんなことを言う。

『違うわよ。なんか言って欲しかったのよ』

『そうですね、旅の先輩としての助言がなくはありません』

マルコは少し顔を戻し、目の端でいずこを見てきた。

『どんなの？』

勢い込んで聞くが、マルコは眉を上げてくる。

『ただで、というわけにはいきませんね』

『は？　普段散々ただ飯食らっておいて金取ろうとするの？』

『いえいえ。そんないずこみたいなことはいたしません』

はっと気づく。まさか、マルコの要求は。

『タブレットを、使わせてください』

思った通りだった。

『む、む』

正直なところ、買ったはいいが今一つ持てあましていたものであり、マルコに使わせても特に問題はない。しかし、なんだかマルコの思い通りにされているようで気に入らない。

『もやもやしたまま、なんとなくでこの旅行を終えてしまってもいいのですか？　せっかくの週末と、新幹線の切符代を無駄にしてしまってもいいのですか？』

マルコが迫ってくる。

『――分かった、分かったわよ』

いずこはついに折れた。

『卑怯《ひきよう》だわ。なんか口数が少ないと思ったら、この機会を窺《うかが》ってたのね』

無念である。まったく気づかなかった。

『ふふ。わたしはこれでも代々の商人です。取引の手腕を甘く見ないことですね』

一方マルコは得意げだった。実に悔しい。

『とりあえず、この辺りに温泉や公衆浴場はありませんか？』

マルコは、そんなことを言ってきた。

『銭湯ってこと？　そりゃ、あれば入りたいけど』

あちこちをハイペースで回ったわけだが、天候はまだ暑くて、結構汗をかいてしまった。

『――あ、あるんだ』

検索してみると、近くに温泉があるらしい。

『それでは行ってみましょう。さあ、さあ』

『分かった、分かったわよ。もう、何なのよ』

マルコに促され、いずこは目を白黒させながら立ち上がったのだった。


その温泉は、見た感じ銭湯のようで、料金も銭湯価格だった。しかし本物の天然温泉なのだ。源泉掛け流しでこのお値段とは、とてもお得である。

マルコはわざわざ元の大きさに戻り、男湯に入っていった。あの格好のまま突入して、他の利用客はさぞ戸惑うことだろう。

いずこも女湯に入る。調べてみたところ、単に湯船がでんとあるだけではなく、ジェットバスみたいなものも色々あるらしい。

女湯はさほど混み合っていなかった。いずこはひとまず体を洗おうと、奥の方の椅子に腰かける。

『おお、これが日本の公衆浴場！』

マルコの声が聞こえてきた。無論男湯の中で叫んでいるのではなく、例の念じるやつである。伊豆の時でもそうだったが、ある程度の距離なら届くようだ。

『イタリアってこういうのいっぱいあるんでしょ。皇帝がお風呂作ってたとかなんとか』

体を洗いながら、いずこは漫画やそれを原作にした映画で見た話を思い返す。

『そういう文化が根付いているのは事実ですが、多分いずこがイメージしてるのはローマ帝国の時代のことだと思います。わたしからすると千年は前のことで、今の時代とわたしの生きた時代よりも間《あいだ》が空いています』

『そうなんだ。あんたから千年前ってことは――じゃなくて』

いずこは我に返る。

『わたしは歴史の勉強をしたいんじゃないの。あんたのアドバイスとやらを聞くためにここまで来たのよ』

『はいはい、分かりました。しっかり体と頭を洗って下さい』

『それになんの関係があるの』

『マルコは知っています。ジパングでは、大事な話を聞く前には身を清めるのです』

『それは神託受ける前とかに斎戒沐浴《さいかいもくよく》するヤツでしょ。あんたのアドバイスをわたしは神の声として聞かないといけないわけ？』

ぶつぶつ文句を垂れながら、言われた通りに一通り洗う。

『終わったら、ゆっくり肩まで浸かりましょう』

マルコが次なる指示を出す。何というか、単に銭湯に来ただけである。

『お先に入りますよ』

浮き立った声でマルコが言った。やはり単に楽しんでいるだけではないのか。

『んんっ、はあ』

マルコが呻《うめ》く。どうやら浸かったらしい。

『やだ、おっさんみたい』

いずこは失笑する。

『いずこも早く入るべきです。気持ちいいですよ。ジパング・アマガサキの温泉、見事です』

『はいはい』

いずこも湯船に浸かった。

『おおう』

思わず声が出る。お湯が全身を受け止め、熱い刺激を与えつつ柔らかく包み込んでくる。

相反する感覚に導かれて全身を血が駆け巡り、得も言われぬ心地よさが生まれていく。

『いずこのそれもおばさんという感じではないのですか』

マルコが茶々を入れてきた。

『やかましいわね。違うのよ』

『そうぷんすか怒らず、もう少し湯に身を任せて』

『でも、そんなことしたら――』

そんなことをしたら、

『――ああ、もうなんにもしたくない』

こうなってしまう。心地よさに身を委ね、あらゆる活動を放棄してしまう。

『正解ですよ、いずこ』

マルコが言った。何に対してどう正解したのか分からないが、聞き返すのも億劫《おっくう》なほど気が抜けてしまったので、黙って続きを待つ。

『SNSに投稿するためという目的で旅に来て、せわしなく歩き回って。それが楽しいという人もいるでしょう。しかし、いずこは違っていた。ならば、それを受け入れるのです』

心なしか、マルコの声もリラックスしている。

『なにそれー。旅の目的が果たせなくてもいいっていうの?』

いずこが問い返すと、マルコはふふと笑った。

『旅は自由であるもの、という風にわたしはいつか言ったと思います。ならば、旅には目的がなくてはならない、旅を通じて何か得なくてはいけないという固定観念からも解放されていいはずです。何もしない自由、というのもあるはずです』

『――ふむ』

周囲を見回してみる。いずこを知っている人は誰もいない。しなければいけないことは何もない。気も遣わなくていい。愛想を振りまかなくていい。今のいずこは、あらゆるしがらみと義務から解放されている。

――なるほど、何もしない自由というのは、とても贅沢《ぜいたく》なものかもしれない。

足を伸ばす。いずこは開き直った。この贅沢を満喫することにしたのだ。

『はて、この電気風呂とは何でしょうか？　――アアアっ、びりびりしますっ。こ、これはっ』

『ふいー』

『あのさ、この会話みたいなのオフにできないの？　マルコのおもしろ珍道中を強制的に聞かされない自由も欲しいんだけど』

『ムウウッ。そう簡単には負けませんよ』

『もう』

苦笑しながら、いずこは首まで浸かる。いつの間にか、あのしっくりこない感じは消え失せていた。ああ、とてもいい気分だ。

何もしない自由、最高。

【参考文献】

『マルコ・ポーロ東方見聞録』マルコ・ポーロ／月村辰雄・久保田勝一訳／岩波書店
『マルコ・ポーロ 「東方見聞録」を読み解く』海老澤哲雄／山川出版社
『ヴェネツィアの冒険家 マルコ・ポーロ伝』ヘンリー・ハート／幸田礼雅訳／新評論
『マルコ・ポーロと世界の発見』ジョン・ラーナー／野崎嘉信・立崎秀和訳／法政大学出版局
『マルコ・ポーロは本当に中国へ行ったのか』フランシス・ウッド／粟野真紀子訳／草思社
『城取りの軍事学』西股総生／学研パブリッシング
『戦国の城がいちばんよくわかる本』西股総生／ベストセラーズ
『小学館の図鑑 NEO POCKET 昆虫』小池啓一・小野展嗣・町田龍一郎・田辺力監修／小学館
『小学館の図鑑 NEO POCKET 植物』和田浩志監修 岡田比呂実指導／小学館
『新・ポケット版 学研の図鑑 昆虫』岡島秀治監修／学研

二見サラ文庫

本作品に関するご意見、ご感想などは
〒101-8405
東京都千代田区神田三崎町2-18-11
二見書房 サラ文庫編集部 まで

本作品は書き下ろしです。

大江《おおえ》いずこ《いずこ》は何処へ旅《たび》に

著者 尼野《あまの》ゆたか

発行所 株式会社 二見書房
東京都千代田区神田三崎町2-18-11
電話 03(3515)2311［営業］
03(3515)2314［編集］
振替 00170-4-2639

印刷 株式会社 堀内印刷所
製本 株式会社 村上製本所

落丁・乱丁本はお取り替えいたします。
定価は、カバーに表示してあります。

ISBN978-4-576-20101-6
https://www.futami.co.jp/